U0030387

雀頭作品集
破唐案
裴氏手札・卷二：續紫釵記

第一章

長安　勝業坊

雕樑畫棟亭臺香榭，入夜後的小梨苑各處懸掛起了一盞盞紅燈籠，映照出曲折蜿蜒精緻的遊廊……

遊廊兩邊或植香草或疊假山，幾叢修竹上仍留有稍早落下的點點輕雪，隨著冬夜偶而吹拂過的寒風，簌簌生響。

小梨苑前堂後院約莫十來間屋子，無不布置得風雅華貴如若人間仙境，半開的窗櫺飄出了一陣玉石交擊婉轉纏綿的琵琶曲，鶯啼女聲吟唱……

「……翠樹銀籠掛鈴鐺，軟枕暖衾伴玉郎，從此不管歲月遲，竟夜蕩蕩蘭麝香……」

假母鮑十一娘滿頭珠翠，風韻猶存地扭著水蛇腰款款而行，前頭提燈的小丫頭小心翼翼地爲其照路。忽然鮑十一娘腳步一頓，抬頭望向東面那小畫閣的二樓，燈光隱晦，昏暗不明。

「嘖。」鮑十一娘精心描繪過的眉眼閃過了一絲複雜之色，似是不滿又似是憐憫，而後對小丫頭吩咐道：「明兒起，小玉娘子那邊多添上一份炭。」

「喏。」

鮑十一娘一步一風情地消失在院落明暗花影中，一個嬌小身影靈巧地從某處鑽了出來，警覺地四下張望，而後趕緊溜上了那處小畫閣。

畫閣憑欄畔，一個美麗蒼白清瘦的女子捂著帕子，肩頭顫抖地悶咳著……

剛剛上樓的嬌小女婢急忙奔過來，顧不得其他，忙翻找出了一只匣子，從裡頭殘存的七、八片蔘片中，取了兩片遞送到美麗蒼白女子唇邊——

「玉娘子，快含在舌下。」

美麗蒼白女子搖了搖頭，輕推開她手上的蔘片，勉強壓抑下不斷在喉間翻騰的腥鹹感，小小聲地道：「不用了……」

「玉娘子……」嬌小女婢眼眶紅了。「您別怕蔘片吃沒了，奴再去求求奴的養娘——」

「日後莫再去霍王府了，別叫妳養娘不好做人，她雖然在大夫人面前有幾分顏面，終究是奴不是主，求主子賞蔘的事兒可一不可再……她還念著當年我阿娘的情分便好，旁的都不重要。」霍小玉柔聲道：「且我的病我知道，再養養就好了。」

「可大夫說……」

霍小玉摸摸女婢浣紗的頭，笑了笑。「這坊間大夫不比御醫，我箱籠裡還有郭御醫的養榮丸，倒是吃那個還合症候些。」

浣紗吸吸鼻子，哽咽問：「真、真的嗎？」

「娘子騙妳做甚？」她溫柔反問。

浣紗連忙仔細地把蔘片又放回了匣子，轉去翻尋舊日娘子從霍王府被兄長們驅逐出來時，所攜的那幾只大檀木箱籠。

檀木箱籠雕著最精緻的蝶戲牡丹，邊緣用金銀包框，可一掀開箱籠蓋，裡頭的東西已經空蕩蕩得所剩無幾。

當年娘子母女被逐出時，好歹也帶了衣衫錦帛金銀玩器珍物等等，價值不下萬金，但前年自從娘子和李十郎結識後，便爲他傾盡所有……如今囊中羞澀，娘子又病體嶙峋，若非鮑十一娘顧著幾分舊情，恐怕她們主僕三人連個棲身之處都沒了。

浣紗強忍落淚的衝動，免得再激起娘子的傷心，找到了那只古樸的烏木匣子，取出裡頭幾枚藥香淡得幾乎聞不著的養榮丸，有些憂心忡忡地問：「玉娘子，這養榮丸放得久了，當眞還能吃得？」

霍小玉毫不猶豫地捻起仰首吞了，帕子掩著嘴，靜靜等了會兒才沙啞道：「不妨事的。浣紗，李郎君那裡怎麼說？」

浣紗猛一咬牙。「李郎君當眞無情無義，他聽了奴說，玉娘子想把那三尺烏絲斕綢要回去，便說那斕綢被盧氏發現了，夫婦撕扯間給扔炭盆裡燒沒了——」

霍小玉目光迷離而冰冷，有一絲掩不住的悲哀。「燒沒了？」

「是。」浣紗氣憤不已。「虧他說得出！」

「那也好，他想來是發現了吧？」霍小玉纖纖細瘦的手指攏了攏緊身上披著的鶴氅，喃喃自語。

「玉娘子，那接下來咱們該怎麼做？」

「妳明日代我去求見崔十一郎，」霍小玉顫顫巍巍地摘下了腰間的一只配飾，遞給了她。「請十一郎務必來見我一面，只說我有要事相托。」

「您是想央十一郎君出面，幫著把瀾綢討回來嗎？」浣紗眼睛一亮。

霍小玉低頭又深深壓抑地喘嗽了幾聲，喑啞道：「……妳明日只管去吧。」

「喏。」

浣紗捧著那方配飾要退下的當兒，霍小玉忽然又喚住了她——

「等等！」

浣紗回頭。「玉娘子還有何交代？」

「若十一郎君不願來，便也罷了。」霍小玉眼神複雜。

儘管有些疑惑，浣紗還是依順地點了點頭。「奴知道了。」

待浣紗離去後，霍小玉勉強支起身子，腳步踉蹌虛浮地來到了榻上，她探手入枕下取出了只荷包，默默地看著裡頭那枚金燦燦的物事，心下掙扎。

夜色更深，窗外不知何時又悄悄揚起了漫天鵝毛飛雪，紛紛扯絮般旋然輕墜，和隱隱約約飄來的嬌媚哀婉歌聲相交纏……

「……紫殿秋風冷，雕甍白日沉，裁紈悽斷曲，織素別離心。掖庭羞改畫，長門不惜金……寵移恩稍薄，情疏恨轉深，香銷翠羽帳，弦斷鳳凰琴。鏡前紅粉歇，階上綠苔侵，誰言掩歌扇，翻作白頭吟……」

✦

蒲州　飛翋山

二百折衝府飛牙衙的衛士甲冑著身，在夜色下透著凜然寒光，手持橫刀，於曠野巨石林中祕密潛行……

橫刀，窄刃厚脊，雙手可持，鋒銳無比，利於輕便斬馬殺敵！

此刻冬風狂捲，飛沙走石，兩百衛士低著頭步履疾疾，卻在前方傳來一聲熟悉的鴉啼聲時，爲首校尉魏長凌驀然一頓，長臂高伸，握緊了拳頭做出止步的手勢！

——前方有異！

二百衛士紛紛克制著胸膛間微亂的氣息，面露警覺地仰望著前方魏校尉，右手齊齊握緊了緊橫刀握柄……

他們置身於大片丘陵起伏的沙山巨岩之中，無數詭奇高聳的巨大岩石分布四周，稍有不慎就能叫人一個失腳滑跌斷骨，需得處處謹慎……尤其今夜奇襲任務之重，更不能有半點閃失分心。

可前方斥候卻吹出那象徵「有異」的鴉啼，更讓所有人心中俱是重重一沉。

魏校尉吸了一口氣，扣指在唇齒間，也吹出了一短二長鴉啼聲做爲暗號。

——速報，敵情！

可獵獵風聲中，卻未再聞前方斥候傳來的任何聲響，就像是……人已然被遠處的黑暗吞噬殆盡了。

魏校尉心頭一緊，腦中閃電般掠過了「有詐，速速退兵！」的念頭。可他們好不容易才得到蒲州馬賊巴老大藏身之地的情報，若錯過了今夕，等巴老大一收到消息又領著百名悍匪流竄他處，屆時不只將爲禍更多百姓的身家性命，上頭追究下來，魏校尉等也會大大落下個剿匪不力的罪名。

……且蒲州民間早有流言風聲，說巴老大能夠如此猖狂，每每讓折衝府飛牙衙無功而返，定然是衙中有人與其勾結，否則怎麼可能堂堂一個下府折衝府的千名士兵，奈何不了區區百來名匪徒馬賊？

魏校尉聽得這眾口紛紜蜚短流長，簡直氣煞也。

他來到此衙，掌其中一團爲校尉也不過半年，前任呼羅校尉已然高升調入長安任職北衙禁軍，爲聖人出獵時隨扈侍衛，平時專司於北門玄武門駐守巡查。

而飛牙衙內，一貫由章校尉、洪校尉和葛旅帥三名老兵油子領頭，各掌三百衛士，約莫千名衛士也只以他三人唯命是從，他這個從劍南道翼州軍平調而來的校尉，自然卡得不上不下的尷尬位置。

雖說章、洪、葛三人故意仗著資歷深，每每同他打擂臺幾番過不去，但通匪可不是小事，那是要掉腦袋的……他自是不願相信折衝府竟會有兵與匪勾結，視百姓如草芥螻蟻，任其恣意劫掠屠殺。

飛牙衙掌事的折衝都尉宣勝和果毅都尉蔣輕年老不理事，對麾下各團校尉之間明爭暗鬥，怕也是樂見其成這樣的「制衡之道」。

……儘管飛牙衙千人衛士各有首領也各有盤算，但他還是在短短半年內，憑藉著這些年來在卓防禦使麾下打磨出來的那股狠勁兒，在飛牙衙中鍛鍊出了自己一支令行禁止、威猛無匹的雄兵。

也就是他今日帶出來剿匪的這二百衛士。

就連斥候也是精心挑選出來的蒲州本地健兒，短小精悍機敏過人，身手靈巧如猿猴，夜裡能視百步之外動靜……

可眼下，斥候卻再無音訊，魏校尉心頭越發焦慮不安起來。他驀地咬了咬牙，對屬下隊正王橫低聲道：「你帶著兄弟們在此按兵不動，需得小心，我領五十名兄弟悄悄繞過前頭虎豹峽去一窺究竟……」

王隊正面露憂色。「魏校尉，您只帶五十名兄弟怎足夠？萬一恰巧撞上了巴老大的人馬——」

「如果是這樣，我自會放火號爲信，你等且安心在此處隨時準備支援。」

王隊正看著前方宛如可怕巨獸大口的一片黑壓壓，強忍惴惴，低沉有力地慨然應道：「喏！」

——須臾，五十名衛士隨著魏校尉高大的身影很快消失在黑夜中。

半個時辰後，忽地沉沉夜色中筆直升起了股灰白狼煙火號……

王隊正目光倏然警覺發光，回頭對摩拳擦掌的一百多名衛士們振臂疾呼——

「衝！」

只見百來名衛士殺氣騰騰地繞過巨岩一躍而下，緊急馳援而去！

然而當如狼似虎的衛士們來到一處乾涸了的河岸前，卻見到處屍橫遍野，且夜色中不斷湧現的敵人遠比己方人馬還要多，瞬間駭然驚怒得眼睛都通紅了，掄起橫刀劈頭就往那黑衣匪徒方向撲了過去！

剎那間，鮮血噴濺，慘叫此起彼伏，濃濃的血腥味頓時染紅了遍地黃沙乾土……

「有埋伏！退回去！」沉沉夜色裡，魏校尉吼聲破空而來。「王樻，帶他們走！我等斷後！」

王隊正舉起疲憊痠痛的手臂猛然擊退一名手握流星錘的馬匪，目眥欲裂，「不！要生一起生，要死一起死，兄弟們沒有孬種的！」

「一起生！一起死！」其餘衛士們熱血沸騰，嘶喊著。

「我們中計了，」魏校尉鼻頭發酸，卻還是悍然果斷地喝道：「軍中有人通敵，你們快走——無論如何，今夜都要有人回飛牙衙和蒲州刺史府稟報——」

「……走，走哪裡去？你們逼得老子沒了活路，今晚誰都走不脫，通通給老子把狗命留下！」一個囂張至極的狂笑聲響起！

「……狼崽們，幹掉他們！」

「殺！」

「殺！」

「殺！」

暗夜中手持刀劍的敵人猶如蝗蟲大軍般源源撲湧而來，遠遠勝過他們二百衛士數倍的人浪，轉瞬間就要吞噬掉這殘存的八、九十名衛士……

「王橫，快走！」魏校尉吼聲喑啞破碎，左手持刀重重捅入一個粗蠻馬匪的肚腹中，右手射出了柄匕首，正中右邊那一刀劈進一名衛士頸項的馬匪眉心！

可還是慢了一步，那名年輕的衛士已經瞳孔渙散地茫然倒地，秀氣細瘦的手還緊緊握著橫刀柄……

他記得這名衛士叫薛牛兒，剛滿十六歲，笑起來靦腆憨厚，說自己是替了家中讀書的阿兄來做這個衛士，等積攢了足夠的薪餉，就能供應阿兄明年上長安科考，光宗耀祖……

魏校尉熱淚奪眶而出，喉頭迸出受傷猛獸般的嗚噎，拚著後背又挨了一刀，猛地衝撲上前抓住了薛牛兒，大喊道：「牛兒你撐著點！援兵來了，援兵已經來了，我帶你回家醫治，你不會有事的——」

「校……尉……喀喀喀……」少年黝黑臉龐慘白如紙，齒間嘴角漸漸溢出血來，努力睜大眼睛，害怕地掙扎喘息著。「我……是不是……喀喀……要死了？」

「你不會死！」魏校尉強忍淚水，大手緊緊捂著他頸間鮮血噴湧的傷口，卻發現少年不知何時已經停止了呼息，那對死亡和恐懼和迷惘依然凝結在他的瞳膜上。

魏校尉牙關緊咬，嚥下悲痛，將他屍身放回黃土地面，抓起橫刀又是一陣瘋狂般的廝殺！

本次任務包含他們的路線圖極之祕密，若非飛牙衙內確實有內鬼，他們又怎會遭遇如此巨大的狙殺？

他手起刀落，又是一顆馬匪腦袋飛了出去，屍體轟然倒地，可在黑夜中彷彿仍有無窮無盡的敵人包圍了上來。

為什麼?巴老大手下不過百名悍匪，這宛若洪水般湧現的……究竟是馬匪，還是……

就在此時，他眼角眉梢忽然瞥見了一抹紅色影子從天而降!影子閃過處，慘呼哀號聲四起。

他大震，腦中模糊地閃過了一絲熟悉的什麼?

「戰場上發什麼呆?」一個清冷有力的女聲在他耳畔掠過。

魏校尉不敢置信地望著從自己後方竄出的冷豔胡服女郎，只見她手掌心一翻，數柄小小流星般的柳葉刀從不同方向遠颺而去，正正沒入了幾名馬匪的心口!

「卓家阿妹?!」魏校尉大喜若望，顫抖著唇。

這、這怎麼可能?

冷豔胡服女郎彈指間拔刀在手，腳尖一點，運勁高高騰躍而起，刀鋒直直送進了一名粗獷高壯馬匪喉嚨中，轉瞬抽出，在馬匪斷氣的剎那又是一個連環掃堂腿，將兩、三個怒吼著撲上來的馬匪踹翻在地，她手中佩刀一個翻轉，宛若砍瓜切菜般登時了結了幾名馬匪的性命。

頭項，太陽穴，心口……俐落得完全沒有一記廢招。

戰場上，她使的是殺人的刀，而非要起來漂亮的套路，但凡能省力一刀斃命的，就不該浪費在招架橫擋上。

——關鍵便是快！讓人連喘息和眨眼都來不及地快！

只見最先出現的那紅色身影也迅速用角弓幹翻了一個馬匪，而後振臂揚弓，指縫夾著三枝箭，嗖嗖嗖三箭齊發……

紅色身影天生神力所驅，能輕易拉開六石弓，這一記三連發，神準射中了被瞄準的馬匪外，其驚人的後坐力還將他們連人帶箭撞飛了身後七、八名悍匪，倒地翻滾激起了大片黃沙飛揚！

魏校尉幾乎被巨大的驚喜砸暈了……

「赤鳶妳也來了——」他胸膛一熱。

「丟人！」紅衣女子回身，冷冷瞪視他。

魏校尉一愣，羞愧地臊紅了頰，此時此刻再顧不得驚喜，定下心神來又投入了專注猛烈的博殺中。

漸漸地，被黑夜烏雲遮掩住了的高高彎月又出現了，大地灑落銀色月華，視線逐漸澄明起來。魏校尉發現除了阿妹和赤鳶外，還有兩個快如疾風、勢若驚雷的陌生玄衣男子同時在飛快收割著馬匪們的性命。

而狼牙衙的剩餘衛士們，也慢慢穩住了方才被打得措手不及的腳步，按照著他平日的操練做出了絞殺的列陣，或靈活或機敏地變換著，或五人一組，或十人一列地保持著前斬後護的隊形……

王隊正果然已經如他命令的那樣，忍痛奔離戰場，回去報信了！

魏校尉心下快慰了一絲，隨即又揮刀狠狠地斬殺了一名馬匪，眼角餘光瞥見了一張滿面絡腮鬍的粗壯兇殘面孔——

巴老大！

只見巴老大缽大拳頭各攢緊兩柄鋒利斧頭，揮舞得虎虎生風，一下子就將幾名同時圍攻他的衛士手中橫刀劈斷成了兩截，興奮狂野地怒吼著，重重地一記砸碎了其中一名閃避不及的衛士腿骨……

那衛士痛喊一聲踉蹌跪倒，眼看下一霎巴老大的斧頭就要落在他頭顱上，魏校尉虎眸暴睜，手中橫刀狠狠飛擲過去，鏘地逼退了那斧頭，鐵石交擊發出的光一閃而逝，但卻攔不住巴老大的另一柄重斧！

電光火石間，一個高大修長的青袍男子神出鬼沒地出現在巴老大身後，手持一柄短而鋒芒畢露的契苾針，深深頂在巴老大頸項動脈處，低沉冷漠地道——

「試試，看究竟是你的斧頭快，還是我的契苾針快？」

巴老大駭然驚愕地僵在原地，握著的斧頭動也不敢動……

契苾針……那不是大唐文官腰間繫著的蹀躞七事上才會配帶的刻字書刀？

——老子居然被個文官用書刀挾持住了命脈?!

巴老大又驚又怒，險些氣厥過去，可他能感覺到那柄磨得銳利如刀劍的契苾針一寸寸堅定地刺入自己頸間薄薄的那層皮——

只要身後之人稍稍手勁大些，自己馬上就會被劃開頸脈鮮血狂噴，不到幾息間命喪黃泉！

「你……究竟是誰？」巴老大強忍發顫，咬牙切齒。

青袍男子右手穩穩地持著契苾針，膝蓋精準地頂中巴老大腿彎間的麻筋，剎那間，巴老大單膝一軟，龐大身軀轟地跪了下來，手裡的另一柄重斧死死撐在黃沙地上，冷汗緩緩流下了頰邊和後背心……

「刑部左侍郎，裴行眞。」

◆

飛牙衙　衙署

冬季清晨薄霧瀰漫，寬大的演武場上，數百人齊齊佇立，卻是鴉雀無聲一片哀悽……

場上，橫躺著一百四十六名不幸戰死的衛士，或屍首不全的，或肚破腸流的，還有人依然保得全屍，可輕甲心口處碎裂成了個大洞，鮮血已經凝結成了一片黏稠濁黑的硬塊。

百來具屍體上均蓋著布，卻清晰可見暈開的血漬……

折衝都尉宣勝和右果毅都尉蔣輕，面上震驚悲痛之色仍未消褪。

前些時候，左果毅都尉程六郎因其妻崔鶯鶯殺人案而毅然辭官，日日守在府衙大牢外陪伴著妻子，令折衝府飛牙衙士氣消沉了不少，可萬萬沒想到昨夜的剿匪行動，又叫飛牙衙遭遇了如此重創打擊。

二百名府兵衛士，一夜間僅剩五十餘名輕重傷衛士……

領兵的魏校尉跪在犧牲戰死的衛士屍體前遲遲不肯起身，高大筆直的身軀彷彿垮了下來，露出了幾分蒼涼衰敗之態。

「魏校尉，你可知罪？」宣勝勃然大怒，痛叱。

「末將知罪。」魏校尉沙啞低落地道。

宣勝往日忌憚劍南道翼州軍防禦使卓盛在軍中的威勢，對於出自卓家軍的魏長凌一向採取冷眼旁觀放任的姿態，對於他在飛牙衙中的處境，既不插手維護也不落井下石。

他卓家軍不是個個本領極大嗎？

可今日，堂堂卓家軍帶出來的魏校尉卻因軍情誤判、調度不周，致使一百四十六名衛士無辜死於馬匪巴老大手下……按軍律當斬，誰來說情都無用！

宣勝氣怒是一部分，可內心幽微不可言說的另一部分，則是想將所有罪過錯誤通通都推到魏校尉頭上，自己最多落得一個「失察」，罰俸一年也就罷了。

不過想想倒也沒有冤枉這魏長凌，飛牙衙三名校尉兩名旅帥治下千名衛士，爲何其他校尉和旅帥都沒他這麼多事？

巴老大流竄多年，又不是只在蒲州一帶犯案，要他出什麼風頭帶兵前去圍剿？

怎麼不學學旁人，只管戍守防衛好自己這一畝三分地就太平無事了。

所以飛牙衙有今日大劫，錯自然全在他！

宣勝慷慨激昂吼聲如雷，卓拾娘卻聽不下去了，冷冷地打斷他：「宣都尉好大的官威，昨夜軍情案情還沒弄明白，就想囫圇含混過去，只拿住魏校尉一人往死裡打就行了嗎？」

宣勝臉色有些難堪，強忍怒氣道：「卓參軍，妳雖也是卓家軍的人，但如今魏校尉已在飛牙衙麾下，不再是妳卓家的將領，我身爲他的上官，難道還無權處置他？」

「你自然有權處置，但他昨夜領著二百衛士，卻遭遇了不下四五百名『馬匪』圍殺，你就不想知道爲何只有百來名手下的巴老大，幾時擁有了這樣一支『軍隊』？」她目光冰冷。

宣勝心頭一跳，「卓參軍這話荒謬至極，小小一個馬匪頭子和手下烏合之眾，談得上什麼『軍隊』？卓參軍是蒲州司法參軍，折衝府並不在妳共同轄治範圍內，休在此危言聳聽！」

靜靜護守在卓拾娘身後長髮高束的美艷紅衣女子赤鳶，面無表情卻握緊了緊背著的角弓，大有下一瞬就揚弓給宣勝一箭的衝動。

——哪裡來的狗頭，敢對阿妹不敬？

終究還是拾娘清楚自家親衛的心思，她回頭安撫地看了赤鳶一眼，正要再開口對上宣勝時，一個低沉好聽優雅從容的男聲已越眾響起——

「她不能，但我能。」

眾人不約而同愕然地望向緩緩自衙內信步而出的高大青袍俊美男子。只見他青袍上仍沾染了點點血漬，卻絲毫不見污穢凌亂感，反而恍惚間，看著此人像是剛剛從畫中走出的謫仙一般……

「裴侍郎，你刑部可管不了我兵部的事。」宣勝古銅色蒼老的臉龐上，雙眸精光暴漲。

裴行真微笑，下意識地站在了拾娘跟前，將她護於身後。「刑部管不了兵部，但裴某不才，深受聖人之恩，有直奏之權。此番前往蒲州辦案，臨行前聖人也交代，讓我廣覽蒲州軍民政庶務等等，待回長安後，好好說與聖人聽——折衝府，自然也包括在內。」

——直奏之權?!

宣勝和蔣輕及所有折衝府眾兵全震懾住了，尤其是章校尉和洪校尉兩人，不由自主臉色白了白，後退了一步好似想躲入列陣的府兵中。

葛旅帥則是握緊了拳頭，神色不寧……

曙光乍現，天色漸亮，前頭所有主要人等的神態、舉止、形容，無不盡收裴行眞含笑卻犀利的鳳眸之中。

演武場上氣氛有一剎那的僵滯詭異起來……

宣勝直直盯著裴行眞。「老夫倒也疑惑，裴侍郎到蒲州協助破張生案，又是如何知道昨夜軍情機密的？」

「昨日黃昏，我領了聖命正欲回長安，得蒙卓參軍送行，沒想到卻在城外十里亭附近發現了有大批人馬步履移動過的痕跡。」他迎向宣勝充滿提防和警戒的眼神，漫聲道。

演武場上有人神色晦暗起來……

「──冬日嚴寒，城外人高的芒草遍野，雖然外頭看著不明顯，踩踏溪石而過進入芒草地前，還是留下了泥濘錯雜的腳印。」

宣勝和蔣輕交換了個詫異又不安的眼神，蔣輕咳了聲道：「裴侍郎和卓參軍好眼力，可往常也有不少獵戶和百姓會在外頭打些野味過冬……」

「十幾人和上百人的足跡自然不同，靴印子更是天差地別。」他挑眉。「蔣都尉帶兵多年，不會不知道這個道理吧？」

蔣輕被噎住了話。

「我和卓參軍一察覺有異，便和護衛們分散開來各方搜索，我那護衛玄符師從鐵勒族，最善野地荒漠追蹤，我們這一路追蹤了百里，在飛磤山巨石林附近，正遇魏校尉率衛士剿匪，可巴老大卻早已居高臨下，重重包圍住了魏校尉軍隊，進行絞殺。」

宣勝目光不明地瞥向低頭沉默猶跪於地的魏校尉，身旁是急得團團轉，一直規勸著想攙扶而起的王隊正，清清嗓子道——

「昨夜，確實幸虧有裴侍郎和卓參軍出手相助，可如此也不能充作爲魏校尉開罪的理由。」

「罪自然不在魏長凌！是飛牙衙有人洩漏了軍情給巴老大，還有人偷天換日，帶人混充馬匪迎戰折衝府衛士，要將這二百衛士全屠殺一淨，一方面是警告立威，一方面則是掩護他們和巴老大的腌臢交易。」拾娘氣憤道。

裴行眞也接口道：「那些人既通匪禍民又逼殺軍中手足，惡貫滿盈，才眞正該論罪誅殺，以警天下！」

「洩漏軍情？混充馬匪？」

宣勝轟地猛然拍斷了身旁的旗杆，怒火騰騰而起——

「竟有此事？是哪個混帳王八敢迫害自家兄弟？敢勾結馬匪？給老子滾出來，乖乖自首認罪，老子只斬你一人，否則叫你全家也跟著送命！」

拾娘盯著宣勝道：「宣都尉您老此時這麼激動，可平日又幹什麼去了？在你治下有人通匪，難道你不是最該負責任的那個人？」

「卓參軍妳——」宣勝臉黑了。

「卓參軍慎言，通不通匪的還未有定數，妳卻這般為審先判定了宣都尉的罪名，對他又何嘗公平？」蔣輕蹙眉。

「我當然有證據才敢說這樣的話。」拾娘目光咄咄逼人。「飛燄山戰事一停，兄弟們打掃戰場時，便發現其中有二百五十五具屍體不是折衝府的衛士兄弟，當中有馬匪，還有不明身分之人，我挑其中十具驗了，皆是雙腳粗大，掌心虎口有繭，臂力強健，小腿肚精實發達……」

章校尉忍不住插嘴道：「既然如此，那也是馬匪無疑了，卓參軍為何口口聲聲宣稱什麼帶人混充馬匪？這般懷疑我們這些戍守蒲州，沒有功勞也有苦勞的府兵弟兄們，也太叫人寒心了！」

「馬匪人如其號，就是騎馬劫掠路人的強盜，長年騎馬都落下或輕或重的羅圈腿的癥候，大腿內側厚繭粗糙，虎口掌心的繭也是韁繩磨出來的，小腿肌腱相較之下與常人無異。」她直視章校尉。「章校尉在軍中多年，當然也不會分不清騎兵和步兵身體情狀有何不同吧？」

此話一出，章校尉又給堵得無力反駁。

洪校尉看章校尉和宣都尉等人都默不作聲，顯然一時也不知該如何駁回去，心下一橫，粗聲粗氣地嚷嚷起來——

「老子不服！我等平日爲農，戰時爲兵，冬日齊聚嚴苛操演，四季輪番戍衛蒲州八方，如今還要蒙受這莫名其妙的指控，什麼騎兵步兵一不一樣，老子只知道老子和兄弟都被冤枉了，都尉大人，您可要爲我們作主啊！」

宣勝一頓，也覺屬下說得沒錯。

「況且除了輪休的府兵外，所有人都在這裡，卓參軍不信的話儘管點兵！」章校尉也不冷不熱地哼道：「就算有人與馬匪勾結，爲何不能是尋常百姓？我們平日爲民，戰時爲兵，他們自然也能平時老實，暗地裡跟著巴老大四處搶劫。」

「章校尉好一張利口，」拾娘想到今夜無辜喪命的衛士們，就想將涉案之人一個個拖出來，狠狠拆了他們全身上下的骨頭不可。「——可全都是放他娘的狗屁！」

「卓參軍！」宣勝臉色一黑。

「你們忘了巴老大可沒死，他現在人就在我們手上，也已經供出是誰給他通風報信，誰和他私下勾結，還有他們掠奪百姓所得財物，對方便要取走十分之六七。」拾娘重重一哼。

眾軍聞言譁然……

「竟然眞的有臥底內應?!」

「直娘賊，老子就知道咱們衙內有問題，要不怎麼每回都逮不到巴老大這支馬匪……」

「噓！沒瞧見都尉都沒說話，快先閉上嘴巴，等案情清楚再說！」

宣勝老臉難看至極，若此事當眞不假，自己這折衝都尉之銜恐將不保。

倘若今日揭案者只有卓參軍一人，他還能設法強硬遮掩下來，但偏偏還有個裴侍郎……

裴行眞等同持天子劍巡狩四方，又出身裴氏名門巨閥，更不缺精兵部曲隨身。

宣勝深吸了一口氣，虎軀微微有些頹然，啞聲道：「既有人證，卓參軍便把那巴老大押出來，當眾開審，如果我折衝府飛牙衙當眞有人通匪，老夫絕不包庇！」

章校尉聞言又是義正嚴詞地執手一禮，稟道：「都尉，誰人不知巴老大此人兇蠻狡詐，他的口供也未能全然可信，若他存心挾怨報復，打著把所有折衝府官將們都拖下水的主意，犧牲他一人而毀了一個飛牙衙，難道我們也要中了他的奸計嗎？」

宣勝聞言心下一鬆，沉吟道：「章校尉說的也不是沒有道理，卓參軍身爲蒲州司法參軍，並未和這惡名昭彰的馬匪巴老大打過交道，自然不知其狡猾程度，所以此人供詞當不得眞。」

拾娘皺眉。「單憑章校尉隻字片語，宣都尉就又將巴老大供詞的可信度打了水漂，未免也太過專橫獨斷……」

她是忍了再忍，才沒有把後面那一句「昏庸老糊塗」甩到宣勝老臉上！

無怪乎，蒲州刺史提起折衝府的宣都尉也是一副牙疼的表情……

偏偏宣勝此人早年也的確是實打實立下不少戰功，才能站穩這折衝都尉一職，若未有大錯，連刺史也動他不得。

可他這是折衝府的土皇帝當久了，腦子也昏聵了嗎？

只聽宣勝猶夸夸其談道：「卓參軍指控飛牙衙通匪，那也得有足夠確鑿的人證物證，否則老夫絕對不能任由妳亂了我飛牙衙的軍心。」

「對，卓參軍還是拿出實證來，否則稍有不慎，萬一引起軍中嘩變……」蔣輕嘆了口氣。「到時候，大家都難以收拾了。」

拾娘俏眉冷煞豎起，怎麼都沒想到這些老將們竟爲了面子和護短，連這樣和稀泥的話都說得出，不由大怒——

「你們可敢當著這無辜枉死的一百四十六名衛士兄弟，再把方才的話重說一遍？」

第二章

此一聲清亮嬌叱如振聾發聵！

宣勝虎軀一震，心下略微有愧地挪動了動腳步，拳頭攢得老緊，胸中矛盾掙扎萬分……

他視線不願往戰死的衛士屍首方向看，只能不斷加強自己的信念——

不能輕易認下！

若通匪事眞，便是驚動朝廷的滔天大案，屆時天子一怒血流漂杵，牽連之下，死的就不只是昨夜這一百多名衛士了。

也許，整個蒲州折衝府飛牙衙都要被連根拔起——而被當頭摧裂毀滅的，就是他這領頭的折衝都尉！

宣勝冷汗涔涔……

全場一片靜默，人人惶然地你看我我看你，這一刻，誰都害怕自己身邊站著的，就是害死自家衛士兄弟的人，更害怕自己被無辜牽連進去。

蔣輕倏然苦笑一聲。「卓參軍，如果任由巴老大信口攀誣，致使飛牙衙分崩離析，這也不是兄弟們樂見的。妳看四周的兄弟們，是不是已經開始人心惶惶了？」

演武場上大片衛士果然隱隱騷動……

拾娘一窒。

裴行眞大手輕輕一動，安撫地拍了拍拾娘的肩頭。「莫急，巴老大的供詞是眞是假，宣都尉等信或不信，自有聖人和三法司裁奪；府兵但凡清白未涉案者，也無須擔憂遭受罪責。」

「裴侍郎說是這麼說，可誰都知城門失火殃及池魚的道理。」蔣輕進一步道：「這世上被污衊入罪的事多了去，我等不敢不防。」

裴行眞卻看也不看他，居高臨下目光溫柔地注視著拾娘。「既然有人不見棺材不掉淚，想死咱們也攔不住，妳又何須多費口舌開解於他人呢？要證據，我們給出證據也就是了。」

他輕飄飄的話一出，宣勝蔣輕和幾名都尉旅帥頓時楸然變色，冷汗淋漓……

——眞有證據？什、什麼樣的證據？

洪校尉面色發白，暗悄悄地給葛旅帥使了個眼色，可葛旅帥卻低著頭像在發呆，壓根不回應予他，洪校尉不免心下又恨又急，又不著痕跡地對章校尉努了努嘴……

章校尉恢復氣定神閒，大馬金刀地道：「好，但不知兩位大人所謂的證據在哪裡？」

拾娘被裴行眞一安撫，心下大定，抬眼冷冷地道：「巴老大一個時辰前已經供出，折衝府內和他內神通外鬼，接頭的正是校尉洪廣民。但折衝府收受他孝敬的也不只洪廣民一人，因爲據巴老大所知，光是今年入秋他交上去的一萬三千兩孝敬銀，便是分做了三份。」

眾人大驚，個個殺人般的目光直射向惶然失措的洪校尉——

「什麼？是洪校尉？」

「難怪見他一個小妾一個小妾的抬進府，妻妾出門時都是穿金戴銀的，原來……原來這些都是從巴老大手上接過的帶血贓銀！」

「三份？哪三份？該不會是……」

「噓！閉嘴，莫瞎猜，當心惹禍上身！」

宣勝不敢置信地怒視洪校尉，氣得哆嗦了起來。「——老洪，竟然是你?!」

洪校尉從小兵起，就跟在他麾下摸爬滾打，一齊征戰過無數場硬仗，這才從個鄉下土漢子拚搏到校尉一職，宣勝素來賞識他的粗獷魯直，雖然貪財好色了點，但是打起仗來凜然不畏死……

可，通匪的竟是他？

「都尉，末將是冤枉的啊！」洪校尉彷彿早預料有此一遭，砰地重重跪倒在地，執手含淚喊冤。「——末將的兄弟幾年前剿匪時候就是死在巴老大手中，這您是知道的，末將恨不能親手血刃這個殺弟仇人，又怎麼可能會和此獠勾結串通，謀害飛牙衙的兄弟？」

宣勝胸膛劇烈起伏，內心天人交戰，確實也漸漸動搖了……

四年前洪家村一夜被屠，巴老大還放火燒村，大火燒了一天一夜，全村留守的青壯盡數屍骨無存……其中就包括洪廣民的幼弟洪廣生。

洪校尉就只有這個弟弟，兄弟倆自幼相依爲命，卻不幸命喪巴老大這支馬匪手中。

所以即便洪校尉要跟誰勾結，也絕不會是跟他巴老大！

「洪校尉說得沒錯，」蔣輕看出了宣勝眼中掙扎燃起的光亮，邁前一步，望向裴行眞和拾娘，蹙眉道：「所以足可證明這巴老大臨死也要拉幾個墊背的，兩位大人可千萬別被巴老大蒙騙了去。」

拾娘冷冷道：「你們認定巴老大的供詞不足採信，可屍體不會騙人。」

「屍體？」

拾娘看了赤鳶一眼，赤鳶立刻大步走向猶跪在衛士屍體前的魏校尉，寒著臉一腳把他踹到旁邊去——

「跪死有何用？報仇才是正理，起開！」

人高馬大的魏校尉被赤鳶這麼一踹，一掃方才沉沉的頹唐灰敗，反而提振了幾分精神，血紅著眼昂聲道：「對！我要為兄弟們報仇，求卓家阿妹……不，是卓參軍和裴侍郎為昨夜受害的兄弟們伸冤！」

赤鳶嫌棄地瞪了他，而後輕手輕腳地幫著拾娘把最前頭的幾具屍體上殘破不堪的甲冑掀開。

縱然是冬日，那濃濃血腥惡臭混濁味還是撲鼻而來……

可演武場上的府兵們面上沒有驚懼作噁之色，唯有深深的悲憤痛心。

裴行眞注意到章校尉和洪校尉臉色白得駭人，又開始下意識後退，把自己身子往林立羅列的府兵後藏去。

此二人的反應，他並不意外，但更引起他興趣的，是那個從頭至尾都恭敬垂首佇立原地的葛旅帥。

此人對於適才演武場上所有發生的種種，沒有任何一絲驚愕、憤怒甚至是惶然不安或是好奇的情緒。

就彷彿這一切都與他無關，又或是這一切全然在他的意料之內。

裴行眞鳳眸高深莫測，眸中閃過一絲精光。

「你們要看證據，這便是證據。」拾娘指著其中幾具衛士屍體上大半露出臟腑的血肉模糊胸膛。「——他，還有他，他們的傷都是甲冑遭受外擊劈砍穿透而入骨肉，致使骨頭應聲而斷，傷口細窄而深……能造成如此痕跡和殺傷力的凶器，只有橫刀。」

「不可能！」宣勝心上一突，想也不想地斷然否認。「橫刀鑄造之技唯有兵部工部共同持有，乃我大唐不可外洩之密，坊間也絕對不可能有人能成功私鑄橫刀，更遑論會有橫刀流入綠林盜匪手中，如此猜測，簡直荒謬！」

「我幾時說這橫刀是私鑄的了？」她哼了聲。

蔣輕眉頭緊皺，嚴肅地道：「卓參軍還是認定折衝府府兵與巴老大勾結，連兵器也交易給了巴老大？」

「不。」她目光淩厲地迎視。「昨夜雖然月黑風高、視線不清，但我們與巴老大的馬匪交手時，可以輕易分辨他們拿的武器是尋常刀械斧頭和自製毛竹長矛，其中有不少身穿粗布衣髮戴幞頭的青壯男子，手裡握著的刀柄雖經過布纏掩飾，依然能看出其鋒利無匹……我打了那麼多年仗，如何分不出軍中所用的橫刀長什麼樣兒？」

蔣輕不慌不忙地道：「既如此，卓參軍昨夜陪同打掃戰場時，定然拾得敵方的橫刀可以拿來佐證了？」

「夜裡廝殺混亂，」裴行眞慢條斯理負手而來。「儘管那些僞裝馬匪的人十分謹慎，若有伙伴被砍倒，他們便動作俐落地搶了其落下的橫刀竄逃入黑夜中，顯然是早就經過演練——就連當時巴老大在裴某手中，也未能阻止這些人遁逃。」

……最後不論生死，被留下來的都是巴老大的人馬。

而從那支「不明軍隊」毫不猶豫就捨下巴老大離去的形跡來看，巴老大可不是他們眞正的老大，不過是合作者，抑或是棋子罷了。

蔣輕聽完裴行眞的話，低低歛眸嘆了一口氣。「未能取得凶器，太可惜了。」

「確實可惜。」裴行眞注視著他，意味深長地笑了笑。

蔣輕見狀屏息，不自覺頻繁地眨眼……

那是感受到壓力和想逃避的下意識反應。

裴行眞微挑高了眉——

蔣都尉在緊張，他在怕什麼？

拾娘看著演武場四周驚訝又懷疑的目光，尤其是宣勝那越發質疑且不善的眼神。「……你們不相信我的推案判斷。」

「這等砍頭大罪，當然不能任憑卓參軍輕飄飄的幾句臆測，就坐實了飛牙衙通匪。」宣勝重複強調，老當益壯的虎軀也昂然挺立得更直，釋然的同時也開始在腹裡打起草稿，要如何擬奏摺狠狠告他們二人一狀了。

年輕人身居高位便趾高氣昂，如此凡事不留餘地，終不會有好下場。

宣勝雖然也不願得罪裴相、對上卓防禦使，可今日是裴卓兩家的子弟找他折衝府飛牙衙的麻煩，他若連這個都要吞忍下，不說官位岌岌可危，就算能僥倖逃過此劫，日後還怎麼帶兵？

豈不是讓同僚笑他是個縮手畏腳的老王八？

……眼看人證和物證放到檯面上，宣勝等人依然推翻不認，口口聲聲不拿出眞正確鑿的實證來，他們飛牙衙這八百多名府兵衛士絕不受冤，不惜告上朝廷，也要為自己爭個清白。

面對群情激憤，拾娘氣得就想擼袖子上前狠狠打醒這些傻子渾球！

「——還是那句老話，要污衊我折衝府通匪便拿出可信的證據來，折衝府其餘衛士都在此處，輪休者也不過六、七十人，如何能混充昨夜狙殺魏校尉等人的數百人軍隊？」章校尉猖狂喊。

他們拿捏死了沒有橫刀為證，飛牙衙府兵冊上的兵丁個個都活蹦亂跳的，那些屍體上又沒有鑿字，如何攀扯到一塊兒？

裴行眞不緊不慢地朗聲道：「這有何難？」

經過方才一輪唇槍舌戰後，洪校尉已經看準了自己這頭情勢占上風，不由嘿嘿笑了，眉眼間盡是輕蔑——

「裴侍郎是文官，斯文人，軍中的事兒您不懂，還是別同卓參軍個小娘們一同搗亂得好——」

迅雷不及掩耳間，嗡地乍然一聲箭矢破空而過——

只見洪校尉頭上兜鍪被一枝利箭射穿，正正穿過內裡幞頭髮髻而出！

「我的老娘喂！」他腿腳一軟，差點沒嚇尿軟倒在地。

「校尉！」身旁駭得臉色青白的衛士們忙扶住了他。

如此猝變，眾軍氣憤難當，對著裴行眞一行人頓時敵意滿滿起來！

而射出方才那驚天一箭的赤鳶毫無懼色，目光森冷地對上大軍——

「辱我阿妹者，當死！」

——是小娘們又如何？要取他的首級也是易如反掌！

宣勝又驚又怒，大吼一聲：「你們反了天了！來人，把他們給我拿下，今日老夫拚著都尉不幹了，也絕不放過這些欺辱到我飛牙衙頭上來的——」

就在危急一觸即發的當兒，護衛玄機押著捆得紮紮實實的巴老大走了出來，一旁的車夫則是捧著一疊眼熟的錄冊同行……

葛旅帥看見這一幕，驀然抬起了頭，眼底有喜色閃過。

見此一幕，有人心下大震，有人臉色灰敗，可更多的是場上一頭霧水看不明白的眾多衛士們……

這、這是幹啥呢？

裴行眞環視眾人，清冷威嚴地道：「我大唐開國以來，本是鄉府兵在坊間自購刀具和弓箭，交由軍府武庫統一管理。輪到宿衛番上時，府兵再憑當初交納兵器的文劵收據，自軍府武庫領受橫刀和弓矢，自行攜帶前去服役，但自從橫刀管制後，便一律由兵部管控配發。」

眾人不知他爲何突然提起這個，均是面露疑惑。

可這當中卻有人瞬間心臟一緊，渾身發冷……

「服役期間，軍隊有關部門對兵士兵器進行精確的管理，即『私兵器』隨身配備，『禁兵器』按照具體承擔任務的不同，定期自武庫領受和繳還。」裴行眞負手信步來到葛旅帥面前，銳利深邃目光透著一絲凝重。「——葛旅帥，我來前看過折衝府飛牙衙的軍務部署錄冊，這五年來，你負責的就是武庫，對嗎？」

葛旅帥對上他，木然的眼神裡有隱隱的決絕之色。「是。」

「葛大元！你可別聽信他人唆使，出賣誣陷自家兄弟！」洪校尉沉不住氣，大喝一聲。

「你心虛了？」拾娘挑眉冷笑。

「老、老子心虛什麼？怎麼就許你們往老子身上潑髒水，不許老子反抗了？」洪校尉強穩住了，怒目道。

玄符在裴行眞的示意下，解開了巴老大口中勒得緊緊的粗大牛筋——

「說吧，如果不想白白自己扛下所有罪名掉腦袋，卻教同盟勾結之人逍遙法外，吃著老百姓和你們馬匪的人血饅頭還罵你們蠢的話，就把所有實情通通說出來，我還能敬你是個敢做敢當的漢子，而不是被人賣了還幫人數銀子的慫卵蛋！」

巴老大臉上凶狠蠻野煞氣，經過昨夜玄符幾個時辰特殊的「熬鷹」手段，早蔫成了頭懨懨然的困獸，沙啞粗嘎地頹喪道——

「老子……草民已經招認了，和草民接頭的都是洪校尉，他還給草民一支三百多人的兵……只要我們看準了目標，決定下手的前夕，只管燒黃色狼煙，這三百多人就會趕來會合『相助』。」

「所以連你也不知這支無名軍隊平日藏在何處？」蔣輕忽然問。

巴老大瞄也懶得瞄蔣輕一眼，輕蔑厭煩地道：「老子說不知道就是不知道，你怎麼不逼問洪校尉去？」

「大膽！」蔣輕臉色重重一沉。「你罪孽深重，死到臨頭還敢頂嘴？」

「蔣都尉挺心急的呀。」玄機似笑非笑，閒閒地道。

蔣輕面色有些難看，低沉道：「你這話是什麼意思？」

「蔣都尉這麼著急追問這支無名軍隊，是想知道其下落呢？還是唯恐旁人知道其下落呢？」玄機笑吟吟，略帶戲謔。

蔣輕胸膛劇烈起伏，驀地轉望向裴行眞。「裴侍郎，管好你的下人護衛，末將雖然官卑位輕，也不是隨便什麼阿貓阿狗就能出言侮辱的！」

「蔣都尉這話錯了，玄機雖是裴某的護衛，卻非你口中的下人，論品級，他乃聖人親封正五品上的羽林郎將，比你這從五品下的上府果毅都尉還要高上兩級，」裴行眞淡淡然地道：「——俗話說：官大一級壓死人，何況兩級？只有他說你的份，恐怕沒有你叱喝他的理。」

蔣輕一窒，滿眼不敢置信……堂堂正五品上的羽林郎將，天子近軍，怎麼可能甘爲一個刑部左侍郎的護衛鷹犬？

此時此刻，蔣輕心下大亂，終於相信了眼前的文官……的的確確是聖人心腹。

「末將知道那支軍隊在哪裡！」始終不發一語的葛旅帥一開口就是石破天驚。

✦

——眾人無不震驚愕然萬分，連拾娘也訝異地看向這個從頭到尾好似沒啥存在感的中年漢子。

洪校尉和章校尉齊齊神色大變……

裴行眞依然氣定神閒，沒有任何一絲驚詫，彷彿早已預料到有此突變。「葛旅帥，你說。」

葛旅帥眼眶赤紅，隱隱有淚，倏然執手爲禮對裴行眞道：「——裴大人，您是不是早就猜出，末將便是偷偷捎密信給您的那個人？」

此話一出，不啻在演武場之間憑空炸了個天大落雷，震得眾人腦子轟轟然，盡皆變色！

尤其是宣勝等人，無不震驚駭然又憤恨地死死怒視著葛旅帥，猶如仇視罪大惡極的叛徒一般……

不，私捎密信，本就是軍中叛徒！

若非裴行眞和卓拾娘在現場目光炯炯盯著，單單宣勝一人就能手起刀落，怒斬葛大元的首級祭旗。

「是。」裴行眞神情溫和。「府兵配置，人具弓一，矢箭三十，胡祿、橫刀、礪石、大觿、氈帽、氈裝、行縢皆一，麥飯九斗，米二斗，皆自備，並其介冑、戎具藏於庫。有所徵行，則視其入而出給之。其番上宿衛者，唯給弓矢、橫刀……而能發現武庫橫刀請領數不符的人，必是掌管，或曾掌管武庫的將領。」

葛旅帥滿眼羞愧，虎眸噙淚。「若末將不是那麼貪生畏死怕事，渾渾噩噩地自欺欺人，早早就能弄清楚其中陰謀底細，那麼這些年來，也就不會無辜枉死了那麼多百姓……還有昨夜一百多名飛牙衙兄弟……末將手上，也相同沾著他們的血……」

「葛大元，原來就是你內神通外鬼，把武庫中的橫刀提供給馬匪了對不對？」

章校尉做恍然大悟狀，怒氣沖沖。「裴侍郎，葛大元這是賊喊捉賊，你可得明察秋毫，別冤枉了好人才是！」

「我沒有！」葛旅帥平日沉默寡言，此時卻是壓抑多時終於爆發，目眥欲裂地吼了回去。「當初是你和洪校尉說你們麾下的衛士隊伍外出操演時，橫刀或斷或有失，生怕如實報上去被上官責罰，所以求我幫忙掩蓋此事……如果我早知道這些橫刀你們是瞞天過海送到了馬匪和那群人的手上，我如何會同意？」

他批出去的每一把橫刀，都成了幫兇！

「簽呈可是你親手簽名蓋章的，我們請領也都是有憑有據，如果我們有嫌疑，你的嫌疑更大，說不定就是你暗悄悄把橫刀給了麾下的兵，然後要他們——」章校尉獰笑。

縱然姓葛的敢翻天又怎樣？

他們早就做了兩手準備，也串好了口供……只要橫刀事一發，就通通推罪到葛大元這個管武庫的人身上！

「不會是他。」裴行眞打斷了章校尉的話。

章校尉此刻也顧不得「頂撞上官」之罪了，駁斥道：「裴侍郎這拉偏架的也太明顯了，您處處維護葛大元，反而趕著逼我們認罪，我等不服！」

拾娘忍不住閃身如電地上前狠狠揍了章校尉一拳，在他痛得捂住嘴時，又順便重重肘頂了一旁的洪校尉下巴——

「就你們兩個滿口叭叭叭的，比女人還碎嘴！當上官都死了嗎？」

她這一次打了兩名校尉，話裡話外也不啻甩了宣勝和蔣輕兩名上官隱形的一巴掌……

宣勝氣得蒼眉直豎，可惜眼下情勢不對，他也只能彆屈地吞下了這口鳥氣。

至於蔣輕更是心中惴惴，神色晦暗不定，哪裡還管得了其它？

裴行眞看著拾娘的目光裡有著滿滿的笑意和隱隱的寵溺，甚至有種自己被「保護」了的莫名滿足感。

……不愧是他家的卓參軍。

「我說不會是葛旅帥，自然有證據。」他心情極好，微微一笑，只有望向洪、章二人的眼神犀利迫人。「——洪、家、村。」

這三個字一出，洪校尉和章校尉頓時像見了鬼一樣，臉色刷白、瞪大雙眼。

「你……你……」

「四年前洪家村遭巴老大屠殺火燒滅村。」裴行眞回頭看了巴老大，挑眉道：「巴老大，你滅村是眞，屠殺是假，是也不是？」

頹唐的巴老大駭然地望著眼前這俊美高眺，翩翩貴公子模樣的男人，這一瞬彷彿又感受到那契苾針頂在喉頭的劇痛和恐怖感……

——眼前這人如何那麼詭祕的事都能猜中？究竟是人還是妖孽？

「且滅洪家村這件事，也是你和洪校尉交手接頭的第一樁買賣。」裴行眞凝視著他。

巴老大顫抖了起來。「是……你、你怎麼知道？」

「我來蒲州前，便先檢閱過蒲州十三縣六十六鎭四百九十五村，所有軍治民政縣誌人文風土和近十年來的大小案卷，」裴行眞輕描淡寫地道：「——我記得，洪家村遭滅案中，洪縣縣令卷宗上記載：縣衙捕頭仵作前往勘查時，洪校尉帶麾下衛士已經在現場翻找過一回了，還將所有遭焚的村民屍骨全埋作一塚，說便於日後祭拜，還堅持不讓縣令開塚裏驗，免得驚擾冤魂。」

「你……」

「洪校尉，倘若我今日到洪家村開塚，發現裡頭沒有男性屍骨當如何？」

洪校尉聞言冷汗涔涔，兩股戰戰……

而眾人聽裴行眞侃侃而述，心下不由深深肅然起敬。

全蒲州十三縣六十六鎮四百九十五村……那是多大的範疇地域和多少萬千百姓？

十年來的卷宗又何止萬數以計，裴侍郎居然檢閱過後便如數記得？

這份過目不忘和心思縝密，太驚人了……

拾娘心兒怦怦然，忍不住有些崇拜地仰望了他一眼，暗忖道——這才叫多智近妖吧？

裴行眞睋起眼，逼視洪校尉。「洪校尉，倘若塚中沒有你宣稱的洪家村民屍骨，你要做何解釋？你還能怎麼解釋？」

「我……我……」洪校尉身如抖篩，冷汗大顆大顆滾落，黝黑的臉龐慘白如紙。

葛旅帥見狀解氣至極，也補充道：「裴侍郎神算。當初案發之時，洪家村的老弱婦孺恰恰好到鄰村參加儺戲去了，而被巴老大趁著除夕滅殺的，都是該村留守的三百餘名青壯丁，那時末將等就覺得奇怪……」

「放你娘的狗屁！」章校尉突然怒極，破口大罵。「葛大元，如果你覺得其中有鬼，當初爲什麼不說？現在拿幾年前的舊聞來說事，不過就是想推卸責任，抱裴侍郎的大腿——你個誣陷兄弟的小人，爛污貨！」

葛旅帥敦厚卻傷痛的目光直直望向章校尉。「老章，我說的每一句話都問心無愧，敢對天發誓，你敢嗎？」

章校尉一僵。

葛旅帥疲憊悵然地搖了搖頭，深吸了一口氣才復道：「——巴老大一把火把村子都燒了，三百青壯不見人影，翌日回來和洪校尉一起『收屍』的老弱婦孺們又個個哭聲震天，誰人不覺可憐？我們這些人是後面才收到消息的，縱然事後也覺心有疑惑，但滅村慘事是眞，也不忍心多追究。」

「本官也看過當時縣衙的安置卷宗，兩百多名老弱婦孺都是領了撫卹銀的，卻婉拒了縣令建議原地重建洪家村的提議，各自天南地北投奔親友去。」裴行眞淡淡然道：「這一招化整爲零，頗見兵法之道——想來是洪校尉身後主使之人的主意了？」

洪校尉雙腳顫抖，恐懼地瞪著裴行眞……

他怎麼知道？他怎麼會知道？

薛輕下意識挪動了動身子，掌心冰冷濡溼。

「洪校尉，我大唐通關遷徙落籍都須以過所爲證，戶紙爲憑，洪家村兩百多名老弱婦孺現如今投奔何處？落籍何處？」裴行眞似笑非笑。「你該不會以爲本官查不出吧？且那兩百多名老弱婦生計從何而來，想來也不難打聽。」

洪校尉已經完全說不出話了……

「葛大元，你說你知道那支軍隊藏在哪裡？」蔣輕忽然出聲。「如果情報屬實，你當記一大功，可要是情報有誤，你便是虛報軍情、陷害同僚，你仔細想想清楚，千萬別選錯了。」

葛旅帥一接觸到他的視線，驀然打了個寒顫。「末將……末將……」

「怕什麼？有聖人為你作主，只管從實說來。」裴行真看也不看蔣輕，溫和肅然地道。

蔣輕臉色白了白……

葛旅帥聞言果然心神大定，石破天驚地道：「這三百多人——正確來說，是三百二十五人，平時就隱匿在洪家村挖空了的後山中！」

裴行真敏銳地注意到，葛旅帥此話一落，蔣輕幾不可見地微微鬆了口氣，繃緊的肩頸也舒緩了一瞬……

「好，」蔣輕驀然轉身，恭敬肅然地對宣勝執手為禮。「都尉將軍，末將請命前往洪家村後山核查此事，若屬實的話，末將親自帶兵剿匪，務必要將這幫可恨兇徒押送回飛牙衙接受懲處刑罰，好為兄弟們報仇！」

宣勝撫鬚，面露欣慰。

「那麼，假若洪家村後山沒有藏人……」蔣輕略帶挑釁地看向裴行眞。「裴大人和葛旅帥是否就願認下誣告之罪？」

洪校尉雙眼亮得有絲詭異，也嚷嚷道：「對！末將平白無故被污衊通匪，連我那可憐的兄弟死了還不得安息，要被人拎出來冤枉一番，末將定要為自己和我幼弟爭個清清白白。」

拾娘在一旁冷眼旁觀，恨得牙癢癢的。

明明巴老大的供詞和衛士們的驗屍結果，加上這幾年來兵庫武器冊和葛旅帥的舉報，就能讓飛牙衙從都尉到校尉旅帥等可疑涉案嫌犯移交出手中兵權由蒲州刺史代理，直至案件審查結果，或落入大牢關押待斬，或無罪釋放回歸官職。

可是眼下宣勝卻昏瞶至此、處處護短，又有薛輕在其中巧言撥弄，洪校尉和章校尉更是胡攪蠻纏、抵死不認……

這飛牙衙已是蛇鼠一窩，可憐了魏阿兄是泥巴落在褲襠裡，不是屎也是屎了。

拾娘忍不住同情地瞥了一眼魏長凌。

相同嚴陣以待的魏長凌接觸到卓阿妹的眼神，總覺得有點怪怪的……

「姓洪的，你……」葛旅帥臉色大變，忽然想起什麼地顫抖指著洪校尉。「難道你上次的酒後之言……是故意設下的局？」

洪校尉狡詐地笑了，故作無辜道：「老子喝醉酒說過什麼？老子自己都不記得了，難爲你記得這麼牢……」

葛旅帥面色灰敗，虎眸赤紅又滿滿自責地望向裴行眞。「裴大人……對不住……」

他怎麼也沒想到平日看著粗蠻大剌剌的洪校尉，居然也有此心機？

他們到底是什麼時候懷疑起他的？還是根本打從一開始，就想著把他變成這個替死鬼？

「裴大人，您還沒有說，假若洪家村後山壓根沒有人窩藏過的痕跡，您待如何？」始終內斂深沉的蔣輕，在此刻也忍不住露出了一絲猙獰的喜悅。

好似最有耐心的獵人終於屏息等到了獵物踩入陷阱的這一剎……

宣勝也看出來了今日情勢，無論是眞是假，飛牙衙和裴侍郎一行人已經站到了敵對的兩方……

他老臉頹唐晦暗了下來，只是征戰殺伐多年，在這一瞬間幾乎不必考慮就選擇了對自己最有利的——

裴行眞一行人是留不得了！

反正巴老大在此，「事後」就辯稱是巴老大乍然掙脫繩索，一舉擊殺了裴行眞和卓拾娘，他們飛牙衙投鼠忌器，一個不察便讓兩位大人和其部下不幸慘遭毒手……

降罪削職，總比禍及全家來得好！

宣勝負著手，悄悄地對身後的副將比劃了個手勢。

副將瞳眸暴突……卻也只能依令行事。

拾娘眼觀四面耳聽八方，尤其軍中手勢旗令種種，她早就爛熟於心，見狀冷豔臉龐殺氣一閃而逝，對赤鳶使了個眼色——

稍後動起手來，護住裴大人！

赤鳶和她主僕多年心意相通，雖然自己唯一拿命保護的永遠是卓家阿妹，但她也絕對不會違逆阿妹的任何決策。

只見赤鳶幾不可查地一頷首，漂亮卻布滿厚繭的手悄悄然地握緊了弓……

就在千鈞一髮之際，忽見北方陡然有狼煙火號直衝蒼穹！

眾人本能抬頭仰望而去，愕然不解……

且腳下大地隱隱約約傳來震動，須臾片刻，已然可見十里開外漫天煙塵滾滾，由遠至近奔襲而來。

這是……

「不必爭論了。」裴行眞俊美優雅的臉龐輕輕一笑，閒適地對宣勝和蔣輕道：

「——多謝幾位陪著裴某在這裡嘮嗑了這許久，全了裴某這聲東擊西之計。」

「你、你這是什麼意思？」蔣輕心下沒來由重重一沉，頓時有種奇異的不祥預感。

「難道你就不奇怪一百四十六名衛士中，爲何只有十數名衛士被揭開蓋布露出橫刀傷口嗎？」裴行眞微笑。

蔣輕心臟狠狠一撞，想也不想地大步衝向離自己最遠的那些衛士屍首，猛然一一掀了開來……

果然，其中有不少都是摻雜著馬匪和黑衣裝束的屍體，而非全部都是身著甲冑的飛牙衙衛士。

「你——騙了我們？」蔣輕腦子轟地一聲。

回話的是拾娘，她挑了挑冷俏的眉。「——沒聽說過『兵不厭詐』嗎？」

蔣輕和洪、章兩校尉相顧駭然，面色刷白！

「你們可以用上經過祕密訓練的洪家村青壯混充馬匪，我們當然也可以拿馬匪和這些青壯的屍體混充衛士。」裴行眞微笑。

拾娘也默契十足地接著道：「況且，你們也太小看我卓家軍調教出來的人了。魏阿兄雖然初始被你們坑了個正著，但他麾下的兵也沒給他丟臉，再加上有我們夜裡趁亂加入戰局，打得對方措手不及，最後，衛士們眞正傷亡人數乃是六十一人，而不是一百四十六人。」

蔣輕呼吸一窒——傷亡者僅僅六十一人，那其餘的人哪裡去了？

「六十一名飛牙衙兄弟的英靈不遠，」魏長凌緩緩直起了寬厚筆挺的身子，銳利目光中隱隱傷痛。「究竟是誰害的他們，兄弟們在天上可是都看得清清楚楚、明明白白！」

洪校尉、章校尉面色難看中透著掩不住的心虛畏懼……

宣勝蒼老臉龐霎時像是又老了十幾歲，肩背一垮，還想粉飾太平裝作茫然地惶惶不安道：「裴大人……老夫不明白……」

「裴某說過，護衛玄符師從鐵勒族，最擅追蹤之術。」裴行眞凝視著眼前這可悲復可恨的老將。「——昨夜我們擊潰了馬匪之後，那支無名軍隊約莫殘存兩百多人遁逃入黑夜中，我便命玄符領著餘下未傷的五十名衛士悄悄躡了上去，其餘人協助運回屍首。」

蔣輕冷汗溼透了後背，聽到此處心眼一鬆，不無諷刺地道：「看來裴大人對我飛牙衙衛士以一當十的武力很有信心，就不怕這五十名衛士兄弟又因著調度失當而白白填了命去？」

此話說完，牢牢押著巴老大的玄機卻忽地給了他一個很古怪的眼神——

就好像，他剛剛說了一句愚蠢至極的笑話。

向來自詡運籌帷幄的蔣輕不由胸膛一炸，怒火中燒起來，僵硬地道：「裴大人雖是聖人心腹重臣，又領巡狩密令，但你是文官，並非武將，隨意插手軍務調令，一個弄不好非但玩火自焚，還禍及他人……」

「這就不勞蔣都尉操心了，離京前，聖人給了裴某一半飛虎符，能調地方駐軍三千便宜行事。」裴行眞閒庭信步，踱回拾娘身邊後低頭對她溫柔一笑。「——拾娘幫著算算，這三千兵馬加上五十衛士，對上二百來名凶徒的勝算有幾成？」

拾娘被他逗樂了。「自然是十成把握。」

「三千兵馬……」蔣輕不敢置信地喃喃。「不可能……這怎麼可能？聖人怎麼可能授予你飛虎符？你明明只是個刑部左侍郎……」

裴行眞挑眉。「——蔣都尉該不會以為裴某踏入飛牙衙千人府兵的地盤上，事先會沒有任何一絲自保手段吧？或者你以為聖人命我暗中巡查蒲州軍政民治之事，也不過是走馬看花，虛晃一招？」

——白龍魚服尚且怕困淺灘遭蝦戲，何況他裴某人不過是「區區四品文官」，倘若連這等防人自保的心計也無，政敵們多年來又何必苦苦愁著弄不死他？

蔣輕望著他的目光裡布滿深深的憤怒和驚懼，嗓音喑啞粗嘎又破碎。「即便如此……你還是沒有證據……我……我等不服……」

「方才的狼煙火號便是玄符和三千兵馬『任務完成』並回援將至的信號，」裴行眞目光深邃犀利。「——洪家村青壯悉數擒獲，有這二百多名『人證』和一甘劫掠而得的物證，再到你們幾位府上的私庫搜上一搜，只怕也不難搜出那麼一星半點的贓物吧？」

幾人愀然色變，就連宣勝都覺得眼前陣陣發黑……

他並未涉案其中，可這幾年來蔣輕諸人暗地裡給他的孝敬也不少，難保其中沒有他們聯合巴老大搶劫而來的贓物。

宣勝腳步一個踉蹌，腦際嗡嗡然，胸膛喉頭湧上了腥鹹血氣。

洪校尉哆嗦著，膝蓋一軟，不知何時已然撲通地跪在了地上。「裴……裴大人……我招……求裴大人能否看在末將自首的份上……向聖人求情，只要保我洪家一稚子血脈……末將，不，罪人什麼都招……」

事已至此，蔣輕和章校尉神色均是槁木死灰，連最後一縷掙扎反抗的力氣也無了……

第三章

二百多名洪家村青壯「馬匪」落網成擒，從他們匿跡之處果然搜出大批金銀珠寶錦帛，宣勝和蔣都尉及洪、章二人家中的暗窖庫房也藏有金塊和古董字畫……其中不乏蒲州和鄰近州縣一些富商家中遭劫後，曾報官登記在冊的。

贓物二字，讓宣勝等四人通匪的罪狀已是板上釘釘。

再加上葛旅帥提供的歷年來兵庫武器錄冊，橫刀的報失和申請數量與洪家村青壯們持有的一比對，更是八九不離十……

就算他們特意將橫刀上握柄烙印「兵部」的小篆字打磨抹滅了去，可橫刀的制式、重量、包鋼淬火工法，明眼人一看就能確定，這是出自兵部的唐橫刀無誤！

蔣都尉和洪、章二人供稱，幾年前他們前往剿匪，巴老大當時就提出了豐厚至極的「合作」。

巴老大一趟劫掠，所得的金銀之物就遠遠勝過他們辛辛苦苦十年的俸祿軍餉……於是，他們就心動了。

但府兵人數都在軍籍冊上，他們不能僞造增員，更不敢讓麾下府兵眞的跟著巴老大去燒殺擄掠，府兵們向來憎惡馬匪強盜，就算爲利所趨，也肯定有人會說漏了嘴……

於是才有了洪家村三百多名精壯「一夜遭滅村」的手筆，這「不在人世」的三百多人也就成爲暗處裡的一支無名軍隊，串連配合巴老大行事。

而他們分得的賊贓，其中一部分也是拿來孝敬打點宣勝所用。

爲的就是哪一天事情洩漏了，已經不知不覺被拉下水的宣勝，肯定會用盡一切法子將此事遮掩得牢牢實實。

在飛牙衙，宣勝就是一方土皇帝。

至於程六郎……那就是個武瘋子，滿腦子就只有練兵打仗和愛護妻子，尤其是在崔鶯鶯殺害張生一案爆發後，此人更是不足爲懼。

可萬萬沒想到，幾月前卓家軍出身的魏長凌突然空降至此，打亂了他們的腳步……為防魏長凌窺破他們和巴老大之間的交易，於是他們就和巴老大密謀，設下昨夜的「狙殺之局」。

誰知魏長凌是落入陷阱了，卻引來了更危險可怕的虎狼……

裴行眞在親自審問過一干嫌犯後，便漏夜寫了折子上呈聖人和兵部。

飛牙衙大帳外，拾娘蹲在一個土坑前面戳了戳燜在裡頭的薯蕷，嗅聞著那漸漸飄出的甜香味來……

「——阿耶也太窮擔心，我在蒲州一切都好，怎麼還讓妳千里迢迢跑這兒保護我來了？」

「是赤鳶自行請命的。」赤鳶美艷絕倫的臉龐上面無表情，揹著弓箭，依然如同一桿銀槍般緊緊地護守在拾娘身後，言簡意賅道。

她仰頭，難得嘻皮笑臉道：「赤鳶阿姊妳想我了？」

「……」赤鳶視線飄走，不願承認。「我來保護妳。」

「多謝阿姊了。」

赤鳶看著拾娘一邊戳那熱騰騰砂土泥塊和薯蕷，又時不時回頭看向大帳中那個影影綽綽、伏案疾書的高眺俊美身影，忍不住蹙了蹙眉……

「——阿妹，妳看上裴侍郎了？」

拾娘手上的樹枝一不小心噗地把薯蕷戳了個對穿！

赤鳶一怔。

「噓！」拾娘顧不得薯蕷了，像被燙著尾巴的野兔般蹦得老高，急慌慌地拉著赤鳶就往外跑得老遠。「——別胡說，別胡說。」

赤鳶臉不紅氣不喘地跟著跑，直到兩人來到飛牙衙演武場無人一角，才訝然地問：「阿妹妳……在害羞？」

「我、我害羞個錘子！」她冷豔小臉在夜色裡看不出暈紅，自己卻能感覺到隱隱發燙，莫名口乾舌燥結巴起來。「阿姊妳是哪隻眼睛看到我看上裴侍郎了？」

赤鳶很老實地道：「兩隻眼睛都看到了。」

她一噎。「哪、哪有啊？」

「妳沒看上他，怎麼老是在他身邊晃悠繞圈？」赤鳶指出。「而且他看著妳也會笑，不是看著旁人時那種老奸巨猾的皮笑肉不笑。」

拾娘心口一怦，撓了撓頭。「——不至於吧？裴侍郎溫文儒雅，看誰都是笑容滿面的，也不只是對我。」

赤鳶眨了眨眼。

「再說了，我在他身邊晃悠那是因爲，刺史命我送他到十里亭外，以表蒲州刺史府徜的心意，我又和他恰逢機緣聯手辦了兩樁案子，也算得上是同儕了，我官職又比他低，陪同在側也是應該的。」她嘴硬道。

赤鳶總覺事情沒有卓家阿妹說的那般單純，但是她生性冷情口拙，面對卓家阿妹那麼一大堆此地無銀三百兩的解釋，倒也辯駁不出個所以然來，最後只好遲疑地補了一句——

「若妳喜歡，就搶回去做阿郎。」

也不是不可以的。

「……」拾娘一陣啞口無言，半晌後心情複雜地嘟囔道：「薯蕷熟了熟了，咱們回去吃吧。」

——還搶回去做阿郎呢，裴侍郎何等身分，那是一般人說搶就能搶的嗎？

就算她內心深處隱約承認自己對裴侍郎是欣賞欽敬得很，還有那麼一絲絲微妙的什麼……

但他是深受聖人信重的朝廷文官，刑部的左侍郎，她卻是遠遠守在蒲州的兵、剽悍的司法參軍。

兩人一個是高山雪嶺上的清貴幽蘭，一個是林間野地縱橫拚搏狩獵的猞猁，這能匹配得上嗎？

拾娘摸了摸鼻子，沒來由有些悶悶起來。

不想了，反正飛牙衙此案過後，兩人就此天南地北，還有甚好糾結的？她有這個心思時間去瞎揣度這些有的沒的，還不如回去府衙多處理幾本卷宗。

她請假多日，那書案上的卷宗想必堆得小山高了……

思及此，拾娘捧著一個頭兩個大的腦袋瓜，垂頭喪氣地挖著蘋去，吃飽好上路……咳，是吃飽好回府衙當差。

✦

長安　西市　未時

勝豐酒肆外大雪紛飛，裡頭卻是肉香混合著酒香四溢，賓客滿座笑談暢飲大吃大喝，端的是熱鬧非凡。

角落中，一名神貌俊秀衣著華麗的黃衫青年端著酒碗，目光迷離，若有所思。

這已經是他今日第六碗酒了，本想買醉，卻依然事與願違，只有越喝越清醒，越喝越苦澀……

他身旁侍立著的短髮外族童子，肌膚雪白濃眉大眼，眉宇間看著有說不出的機靈勁兒。

可此刻，童子卻隱隱憂心地看著黃衫青年，不忍主子飲酒過度傷了身，思來想去半天，他只得絞盡腦汁想出花樣來打岔兒——

「主子，這盆燒羊肉看著有些放涼了，不如奴讓店家再換上熱騰騰的來吧？」

「不用。」黃衫青年回過神來，大口將碗中椒漿一飲而盡。

酒中花椒辛麻滋味瞬間自喉頭沿途燒灼至肚腹中，彷彿頃刻能將隆冬寒氣蒸騰一消……

只可惜縱使渾身毛孔熱辣，他心口處還是空蕩蕩清冷得厲害。

黃衫青年下意識捂住了胸膛，苦澀一笑。

忽然間，甲冑鏗鏘殺氣騰騰的步履聲由遠至近而來……下一刻，四周觥籌交錯忽然詭異地安靜了下來。

四周酒客已經被眼前這隊武侯衛士嚇住了，連忙起身或躲避或揖禮，就怕一個弄不好衝撞了武侯，平白無辜命喪刀槍之下。

「你們要做什麼？」童子稚嫩的嗓音透著一絲尖銳的驚慌和憤怒。

眾人一定睛，這才看清楚武侯們刀槍所向、意帶威嚇的竟是角落中的那名黃衫青年。

「你可是崔炎，崔十一郎？」爲首武侯沒理會擋在面前那小奴，只直勾勾盯著黃衫青年冷聲問。

黃衫青年不慌不忙放下了空了酒碗，抬眸冷靜道：「某便是崔炎，不知身犯何罪，竟驚動武侯來拿人？」

「有證據證明，你乃是殺害中書省通事舍人盧誌之女盧氏的疑犯，我勸你乖乖配合歸案調查，」爲首武侯把手摁在配刀上。「別意圖反抗，在我等武侯面前可討不了好。」

「胡說！我主子才不會殺人——」童子怒極。「還有，你們可知我家主子的身分……」

「蘇尼噤言！」崔炎面色陡沉。

童子淚汪汪。「主人……」

「盧氏死了？」崔炎抬眸望向爲首武侯，眼神銳利。「幾時的事？」

「盧氏死沒死，你心知肚明，」爲首武侯冷笑。「昨天夜裡子時，她太陽穴遭彈丸擊中，碎骨裂腦，鮮血迸流，命案現場還遺留有金彈丸一枚。據盧氏夫郎李益李主簿所述，他所識之人唯有你身攜彈弓，出手闊綽，那金彈丸不是你的，還會是誰？」

金彈丸?!

崔炎一震。

蘇尼已經氣得跳腳。「坊間玩彈弓的郎君多了去了，怎麼就此認定我家主子便是兇手？」

「有人看見你前日出現在鄭縣，延興門那兒也有你出入長安城的紀錄，是前天卯時出的城，今早城門一開，你又匆匆快馬回城，」爲首武侯手持從延興門城門領處得來的卷宗，冷聲道：「——犯案時間完全對得上。」

崔炎初始震驚退去，恢復神情如常，不動聲色道：「崔某前往鄭縣是爲訪友，訪完了故友自然是要回長安的，若只以金彈丸和出入城這兩樁，便說我是殺盧氏的兇手，這未免太過荒謬可笑。」

爲首武侯哼道：「全長安誰人不知，崔郎君你這位『黃衫客』，當初能爲一個素不相識的女郎挺身而出，替她向始亂終棄的李主簿討那份情債公道，還不惜將人綁了送上霍小玉家門，逼著李益認錯；說不定昨夜你也是爲了幫霍小玉出氣，下手殺害盧氏——」

「當時仗義之舉，竇某從未後悔！」崔炎黑眸危險地瞇起，迅速打斷了爲首武侯的話。「只不過霍家女郎那時候險些因爲李益斷送了性命，過後也已和他恩斷義絕，武侯此刻卻在大庭廣眾之下再度提起舊事，語帶輕佻，傷及霍家女郎清譽，實不可取。」

爲首武侯臉色有些難堪尷尬，隨即嗤了一聲諷刺道：「好個黃衫客，果然有、情、有、義。」

一旁酒客們卻是議論紛紛——

「黃衫客本就是大義之人啊！」

「……能爲弱女子抱不平出手相扶的，又怎麼會是濫殺婦孺的兇手？」

「我猜這黃衫客今日有此劫，莫不是被李益那狗賊坑害了？」

武侯們不是沒有聽到酒客們的竊竊私議，他們久居長安，又掌戍衛之職，李益和霍小玉及黃衫客這段宛若話本兒般傳奇的蜚短流長……鑽入耳裡的種種詳細密事，甚至比今日酒客議論的還要詳細。

他們當然也唾棄李益此人，但誰讓他出身隴西李氏，雖然和聖人這一支嫡系相比，是已經遠到了千里外的庶支旁系去了，但猛一拿出去還是挺能唬人的不是？

再說，如今李益有了功名實權，又攀上中書省盧通事舍人，做那盧家的乘龍快婿，再也不是以往空有虛名的李郎君。

總之，武侯們心裡怎麼想的是一回事，但公歸公、私歸私，他們再厭惡李益的爲人，也絕不可能因此放過有殺人嫌疑的黃衫客。

「我眞的沒有殺盧氏。」崔炎看著氣勢洶洶圍著自己的武侯們，沉默了一瞬，忽然問：「……李益人呢？」

「李主簿遭受喪妻之痛，當然是在鄭縣等著殺妻兇手被擒落網，給盧氏辦後事……」爲首武侯警覺了起來。「你問這個做什麼？」

「那他……可有再去找霍家女郎的麻煩？」崔炎沉著的眉宇間掠過一抹焦灼。

「你是本案頭號疑犯，霍家女郎當然也有涉案嫌疑，李主簿會不會找她麻煩我不知，但你和霍家女郎都是要押往鄭縣受審的。」爲首武侯道：「——此時此刻，早已有另一支武侯隊伍分頭行事，前往盛業坊去拘提那霍小玉了。」

「不關她的事！」崔炎俊秀面容霎時凜冽起來，低喝道：「難道她被李益禍害得還不夠嗎？」

爲首武侯心念一動，見獵心喜道：「哦，你怎知此樁命案不關她的事？崔郎君你這是甘心自首認罪了嗎？」

蘇尼在一旁心急如焚，急忙忙喊道：「我家主子什麼都沒有承認，你們武侯怎可憑白誣陷好人？」

「兀那小兒閉嘴！」為首武侯斥道：「武侯問案，有你什麼事？」

「我跟你們走。」崔炎倏然道。

「主子？」蘇尼大驚。

崔炎態度平靜，對為首的武侯道：「但我這隨身小童年幼，還請諸位放過他。」

為首武侯有些猶豫。

「你們既不信我，對於他的證詞自然更不願採信，抓他也無用。」崔炎冷靜道：「況且按唐律，但凡案件者，十歲以下，八十歲以上及身患不治之症者，均不能為之作證——蘇尼他今年尚不足十歲。」

「哼。」為首武侯不悅地瞇起了眼，卻也不願多生事。

總之，把上頭指名的主嫌拘回去交差也就是了。

崔炎鎮定地伸出雙手由著武侯上了鐐銬，忽地回頭對面色焦急的蘇尼道：「蘇尼，家去吧。」

「主子……」蘇尼大急。

「沒事的。」崔炎安撫道。

蘇尼哽咽。「奴不放心，這些武侯個個凶神惡煞，若硬是要把主子屈打成招可怎生是好？」

「小兒你嘴巴放乾淨點！」武侯們聞言怒目而視。

「若再敢搗亂，就準備和你家主子關一處去！」其中一名脾氣暴躁的武侯痛斥道：「不能作證又如何？光是一個擾亂武侯執行公差，就足以把你個小鬼關上十天半個月了。」

蘇尼才沒有在怕，氣唬唬地瞪大了眼，正要反唇相駁，卻被崔炎一個銳利警告的眼神阻住了。

「王法昭昭，自會證明某的清白，」崔炎沉聲對這龜茲小奴道：「去吧。」

「主子！」

武侯們押著他走入大雪，蘇尼追在後頭，抹著眼淚模模糊糊大喊了一句什麼……

爲首那名武侯只隱約聽見了「裴府」、「六郎」、「救救您」三個詞，心口沒來由咯登了一聲！

裴府……六郎……

不不不，裴乃大姓，在長安之中，不只威名赫赫的那一座「裴府」，也還是有些八竿子打不著的裴家子弟，出身小官小吏或是商戶人家，他就……咳，先別自己嚇自己了。

總之他們武侯今日領的差事，就是奉大將軍令抓到崔炎和霍小玉，將之扔進京兆府裡的大牢，好等著鄭縣捕快衙役們前來長安，移交疑犯押送回鄭縣受審。

就算是燙手的山芋，明兒天一亮也有人趕著來接了。

◆

而長安城那位人人敬畏又愛慕的「裴六郎」，此刻卻坐在寬敞舒適的馬車內，好聲好氣地親自爲坐在對面的拾娘斟茶。

裴行眞高大挺拔身長玉立，坐姿優雅中自帶一抹清貴公子的風流蘊藉，容貌俊美無儔，眉宇間英氣煥發，但此時玉面之上卻有一絲顯而易見地陪小心。

彷彿怕自己一個安撫得不好，就讓眼前這巾幗英雄卓拾娘當場炸了，不由分說地立馬把自己摁在馬車內痛加暴打一頓！

卓拾娘坐得直挺挺，纖細修長卻繭心遍布的手牢牢壓在腰間佩刀，強忍著怒氣和粗魯罵娘的衝動。

「咳，那個……」裴行眞清了清喉嚨。

拾娘目光刷地射過來，其鋒利凜冽，比起她護腕內藏著的柳葉鏢也差不離了。

「……」堂堂刑部裴侍郎背脊一涼，忙會意地做了個縫上嘴巴的手勢，而後趕緊又從一旁精巧紫檀木五斗櫃內，取出一只包疊得方正好看的物事，恭敬小意兒地放在那只茶碗旁，默默地幫著拆開了這油紙。

油紙包一打開，一股子濃烈醬香味兒剎那間飄散而出，勾得人情不自禁饞蟲大動、垂涎三尺……

是蒲州百年老字號醬肉陳的獨門密造銷魂肉脯，一天只賣三十斤，開爐便搶購一空，賣完了明日再來，便是天王老子也得乖乖排隊！

板著臉的拾娘俏鼻可愛地抽動了動，吞了吞口水。

裴行真強忍著笑，面上依然是一本正經，誠懇無比，又默默地將那包肉脯往她前頭推了推。

「我強徵妳入刑部協助辦案，未事先求得妳同意，都是我不對……妳生氣，也先吃完了肉脯再動手可好？」

拾娘看著冷豔煞氣，實則是個粗獷直率的性子，比橫不怕，可一旦對方來軟的，她就沒轍了。

本來以為飛牙衙一案結束後，他倆便各自分道揚鑣，可沒想到她一回到蒲州辦差班房，才理了幾本卷宗……就發現裴行眞一行人去而復返，站在班房門口對著她微笑。

她正一頭霧水，就見裴行眞將飛隼剛剛送來新鮮出爐的一紙「刑部緊急調派令」遞給自己。

……有這種霸王硬上弓的嗎？

拾娘當下臉都氣黑了。

可是連老刺史都在旁邊笑吟吟地敲邊鼓，要她上京後好好表現，給蒲州增添光彩。

有那麼一刹那，拾娘氣得連眼前這張俊美無儔的臉都不管用了，直想把那紙刑部調派令又塞回他手裡！

可惜不行。

總不能就爲了賭一口氣，便掛冠求去，回阿耶身邊過那等茶來伸手、飯來張口的無趣日子麼？

……所以，這就是她此刻人在馬車上的原因。

事已至此，拾娘也不糾結了，伸出手把整包醬肉脯抓進懷裡，捻起一片香噴噴色呈胭脂的肉脯咬下一大口。

他鳳眸一喜。

「還望日後裴大人莫再搞先斬後奏這一招，有什麼話便直接當面鑼、對面鼓的說個明白。」她重重地嚼著肉脯，哼道。

「那是自然。」他嘴角愉悅地上揚了。

「卑職是個粗人，沒那麼多彎彎繞繞的，不比大人的運籌帷幄、機變聰敏，有時拳頭比腦子動得還要快，脾氣一上來輕易傷著人就不好了。」

「一言爲定。」

她見他笑得眉目舒展，宛若春風拂來，有一霎又忍不住看癡了。

——喜歡的話，搶回去做阿郎。

那一夜赤鳶說過的話瞬間又蹦出腦海，不斷重複蕩漾擴大。

拾娘吞了吞口水，有點奇異地心癢癢，下意識摩挲了搓手。

……搶不？

裴行眞敏銳地察覺到拾娘對著自己這張臉發呆，粉腮隱約透著可疑的紅撲撲……

他心口瞬間像有千百隻蝴蝶翩翩然振翅鼓譟起來。

她，應當對他也是有好感的罷？

往日裴行眞最不喜有女子盯著他的臉，爲他風采而傾倒。

身爲掌管刑法的大唐官員之一，他倚仗的可不是容色，而是滿腹學識機謀，鐵骨錚錚，以圖爲國效忠，爲聖人分憂，更要爲天下百姓爭個公理正義、是非黑白。

但因著他這張臉，坊間每每都有——「裴家六郎溫潤如美玉」、「六郎風姿出塵，令人見之忘俗」、「有裴六郎珠玉在前，我等自慚形穢」——等等烏七八糟的話都一個勁兒往他身上堆。

——簡直不能忍。

不過此時此刻，當發現拾娘能爲自己容色所惑，他卻沒有平素的敬謝不敏和疏離推拒，反而隱晦地生出了一絲情不自禁的歡喜。

裴行眞下意識摸了摸臉頰，笑得有點破天荒的傻氣……

「裴大人，你提調卑職到刑部，便是因爲看中了卑職的驗屍剖屍之能嗎？」拾娘認眞考慮了「搶來做阿郎」的任務困難度，最後還是決定放棄，洩憤似地三兩下吃掉了第一片肉脯，又抓起了第二片塞進嘴巴。

他目光落在她咬嚼著胭脂肉脯的小嘴上……

她一個年輕貌美的女郎能面不改色地邊吃肉脯邊談及屍體，著實令人佩服仰望，可那不染胭脂自然紅的淡淡清艷唇瓣，卻讓人看著情不自禁有點兒想要……

咳咳。

氣度高雅的裴六郎耳朵悄悄地紅了。

「大人？」她咀嚼肉脯的動作頓時一頓。

「咳。」他忙定了定心神，極力驅散雙耳和頰邊隱隱發燙感，這才輕咳了聲道：「刑部有單獨審判案件之權，然承擔地方徒刑以上案件，和大理寺所報的徒刑以上案件的審核駁正，才是刑部最重要也是最主要的權責。」

拾娘也點了點頭。「卑職知道，大理寺負責案件審判，御史臺負責案件監察，刑部則負責案件複核。」

「沒錯，刑部既要複核大理寺的審判結果以及天下彙總的各類案件，各方面的人才和菁英就更加不能少，比如擅律法、精案牘的書令史、都官等。」他溫和道。

她聽到這裡，心裡隱隱約約明白裴大人提調自己到刑部的用意了……難道是為了查一些懸而未決的案子嗎？

「可刑部本也有專責的仵作吧？」但拾娘還是有點納悶。

自己雖然驗屍的本事不錯，可地方上衙署和刑部相比，終究是小巫見大巫，光是受理過的案件量便天差地別……

不過，此番能入刑部，好像也不失為一個難得的見習機緣。

他一笑。「刑部自然不缺仵作，而仵作一門向來是家族世代傳承居多，也有師父帶著弟子的，技藝精湛者，但妳在戰場上的經歷和一身武學，對於刀劍兵刃在人體結構上能造成的傷害與留下的特定痕跡，想來必定比一般的仵作熟悉。」

她摸了摸鼻子認道：「這點卑職確實還挺有經驗的。」

「拾娘太過自謙了。妳於驗屍上頭又兼備女子獨有的心思細膩，能從不同的角度找出關鍵線索，十分難能可貴。」他眞誠地道。

她越聽雙眼越亮，心底最後那一絲絲被「強迫拐騙」進京的鬱悶不快也消失無蹤，露齒豪邁一笑——

「好！既然大人對卑職有信心，拾娘也努力不教自己給大人丟臉便是！」

他眉眼笑意蕩漾，燦如星辰。「有妳來，我刑部當如虎添翼。」

「到哪裡當差都一樣要克盡職責，此乃份內當所爲，」她高高興興地繼續嚼起肉脯，忽想起一事。「……對了，卑職此番進京，按理必定得住刑部官舍嗎？我能不能自己在長安租一處房舍落腳？」

「裴府在長安不小，若拾娘不嫌棄的話——」他清了清喉嚨，耳尖透著一點紅。

「喔，那倒不必。」她爽朗地道：「我阿耶當初不放心我一人到蒲州上任，便讓家中一對世僕老夫婦跟著我日常做起居打點，我此次臨行前，也讓赤鳶通知他倆隨後跟上。」

……話都說到這兒了，他也不便強人所難，只得默默掩下心頭那一抹悵然若失。

不過確實，他細想想自己還是一時過於衝動了。

拾娘雖說性情豁達大器，終歸也是個小女郎家家，非親非故的，自己如何能貿然唐突地把人請回府裡住下？

他既敬重她的心性品格，就更該好好維護她的清譽才是。

裴行眞念頭一轉，心情也鬆快愉悅起來，輕笑道：「那自然是極好的，我也能放心了……不過既然調派之事因我而起，我又怎能不略盡地主之誼呢？」

「眞的不──」

他趕在拾娘開口拒絕前道：「我在新昌坊有一座三進的別院，不大，卻緊鄰延興門和平興大街，周圍住的都是些當朝官員，端是雅致寧靜。如不介意的話，你們便在那處住下吧？」

她愣了一愣。「東市的新昌坊？可那是裴府的宅院，我又怎麼好鳩占鵲巢？」

儘管拾娘非長安人氏，卻也知東市五十五坊乃王公貴族、官宦權臣居住之地，不是尋常官員就有資格可住得。

正所謂「長安居，大不易」，有許多二、三品大官一輩子都想在東市置產尚且不得，多半還是靠租賃才能在長安容身立足爲官。可他裴侍郎年紀輕輕，卻已經在新昌坊坐擁一處三進別院，可謂實力雄厚驚人。

眞不愧爲顯赫輝煌的裴姓大族。

「拾娘不必擔心，我平時住永寧坊的裴府，能時常侍奉我翁翁於左右，」他生怕她推辭，忙道：「新昌坊那別院是我名下私產，以往有時外出查案，貪著從延興門進出方便，偶爾才會在那裡住下幾日。可平時都是空著的，妳能在那兒住著，反倒還幫別院添些熱鬧。」

「這……」她還是有些猶豫。

「永寧坊和新昌坊之間不過隔著一個宜平坊，往返車馬一個時辰也就到了。」他輕咳了一聲，目光溫柔。「如果妳有什麼事，只管命人到永寧坊裴府找我，萬萬莫與我客氣才是。」

她望著他真摯懇切的眼神，心下一熱，也不再扭捏了，慨然磊落爽直地道：「好，那就多謝裴大人了，只不過租金還是要收的，否則卑職也住得不安穩。」

「拾娘這是不拿裴某當朋友了？」他故作嘆息。

她卻是自有堅持。「裴大人，親兄弟也要明算帳，你我兩相不占便宜，朋友這才做得長久。」

「……也罷。」縱然百般不願，他還是依了她的意思，免得她彆扭起來索性去尋了旁處當居處。「那，妳便每月給我二百錢以做租賃之資吧！」

拾娘險些被嘴裡的肉脯渣渣嗆著。「每月二百錢？」

「太貴了？」他連忙改口道：「那五十錢也可。」

拾娘英氣眉毛皺了起來。「裴大人，你這跟讓我白嫖有什麼兩樣？」

「白……咳咳咳咳。」他頓時岔了氣，俊美玉臉隨著劇烈嗆咳紅成了霞色。

她這才驚覺失言，訕訕然道：「對不住啊，是卑職失禮了。以前在軍營和兄弟們打嘴仗說葷話習慣了，這臭毛病一時沒管住……」

眞是的，瞧她把一個好好兒的高門貴公子給嚇成什麼樣了？

罪過啊罪過。

好不容易裴行眞才從驚天動地的咳嗽中恢復過來，俊臉紅暈尚未消褪，就撫著額低低笑了。「妳呀……」

她不敢去看他的笑容，怕自己又被帶得遐想聯翩，忙道：「每個月二百錢的租金太少了，裴大人這是瞧不起卑職的身家，覺得卑職付不起銀子了？」

「拾娘這就冤枉我了，」他笑道：「我何嘗有這個意思？」

「卑職每月俸祿有一萬二、三千錢，家中也頗有資產……」

「拾娘，如今我大唐盛世太平，五文錢便可買一斗米，難道妳一個月吃得了二十斗大米？」

她愣了愣。「話是這樣說沒錯，但是……」

「二百文錢和五十文錢，妳選一個。」他挑眉。

「我——」

「拾娘，我好歹是妳的上官，給點面子可好？」他英俊臉龐甚是嚴肅，鳳眸深處卻隱隱笑意盈然。

她腦子一轟，雙頰發燙，不知不覺就暈暈乎乎地同意了。

……失策了，果然就不該盯著裴大人的雙眼看呀！

第四章

入長安城晌午過後，裴行眞一行人先送拾娘和赤鳶到新昌坊那處謐靜幽雅的別院住下，格外肅然認眞地叮囑了裡頭服侍的奴僕們，要將貴客卓參軍當作自己的主子那般精心伺候，違者以家規嚴懲。

別院上下十數名都是裴府家生子的世代忠僕，能被郎君安置在私產內的更是心腹中的心腹，又哪裡看不出自家郎君對這名美貌英氣女郎的看重？

於是人人對於「客居」的拾娘簡直恨不能捧到手心上呵騰照顧，個個瞅著拾娘的目光熾熱得就像是見著好不容易上門的小羔羊子……咳。

郎君今年都二十好幾了，旁的世家公子在他這個年紀的，孩兒只怕都能滿地跑。

若論郎君的氣度容貌風雅，放眼長安那可是樣樣拔尖兒，偏偏至今猶不肯談婚論嫁，連相爺這個翁翁都拗不過郎君……

但今日郎君卻主動帶了這般英姿煥發、美艷絕倫的女郎到別院作客，聽說這位卓娘子還是堂堂蒲州司法參軍呢，著實了不起。

且瞧著自家郎君盯著卓娘子的眼神……嘖嘖嘖，也許過不了多久，他們就能盼望著有小主子降生嘍！

別院奴僕們熱切地圍著拾娘上下招呼，一忽兒問她可想吃什麼點心？一忽兒問她渴不渴，有熬的上好燕窩羹來一碗潤潤喉如何？

管事的慶伯，更是連自家郎君杯盞裡的熱薑茶都空了也顧不得添，老臉笑得都快開出花兒來了，殷殷問道——

「——小女郎家身子骨最是受寒不得的，幾處樓閣偏院不是挨著荷花池，就是栽了大片竹林，水氣溼氣太重了；倒是居中的主院好，平時窗明几淨寬敞通透，天冷了只要拉上厚簾子，再熱熱燒上幾個狻猊銷金火籠，便可保一室如春，卓娘子可喜歡？」

拾娘看著面前胖敦敦親切的老者，又感激又覺靦腆，忙道：「多謝您，不過無須這般興師動眾，我客居在此，自然是住偏院妥當些，況且我多年習武一向體熱，水氣溼氣重的地兒也無礙的。」

「那不行，卓娘子是客氣，可老奴卻不能不為貴客多著想一二。」慶伯轉向裴行眞。「郎君以為如何？卓娘子住主院可好？」

始終笑吟吟在一旁看著的裴行眞愉快道：「自然是極好的。」

「可……」拾娘還想推辭，只見慶伯已經眉開眼笑地一迭連聲喚人張羅布置去了。

……根本沒有在聽。

拾娘目瞪口呆。

赤鳶則是由始至終都筆挺地護衛在拾娘身後，看了看裴行眞，再看了看拾娘，若有所思。

唔，看來卓家阿妹也不用親自下手搶人了，瞧裴侍郎這副模樣就像迫不急待要跳進阿妹這只碗裡來。

「慶伯當年是跟著我翁翁的，後來翁翁見他年紀大了腿腳不便，便讓他到別院來休養，名義上是幫著我管管別院的瑣碎庶務。」裴行眞微笑，眼神特別眞誠無辜。「別說是妳，便是我和我阿耶，慶伯都是管得的……妳沒發現，他老人家對妳可比對我親近歡喜多了。」

她眨了眨眼。

「是眞的。裴家幾代以來陽盛陰衰，我翁翁也嫌棄我阿耶和叔父們沒本事，只會生兒子，連個嬌嫩金貴的小女郎都生不出，慶伯跟著翁翁那麼多年，自然也對我們這些臭小子不稀罕。」裴行眞雙手一攤，笑容無奈。

拾娘聽著聽著，忍不住有些同情起他來，伸手拍了拍他的肩頭。「別介意，老人家有時只是說說罷了，其實心底還是最疼愛自家兒孫的，像我阿耶不也老說我壓根不像女孩兒，但外頭哪個人敢欺負我，我阿耶就能一把擰掉他們的狗頭！」

他噗哧一笑，眸光明亮燦然如陽。「嗯，往後若有誰敢欺負妳，我也能擰掉他們的狗頭。」

她臉蛋驀地紅了紅，手瞬間像燙著了般猛縮回來，打哈哈乾笑道：「瞧大人說的，你才比我大幾歲呢？」

裴行眞輕輕道：「大幾歲都無妨，妳只需記著，在長安，我是絕不會讓誰欺負了妳去的。」

她心口一怦，腦子有些亂糟糟，很快又鎮定了下來，第一時間聯想到，這必定是裴侍郎爲了替她在刑部撐腰，所以特地用此番言語關懷鼓勵予她。

拾娘頓時感動了，一陣熱血沸騰，抬頭挺胸保證道：「大人，有你這樣傾情相挺的好上官，卑職在刑部一定恪盡職守、戮力以赴。」

裴行眞眼底眉梢的笑意剎那間僵了一僵……

等等，他方才的話，並不是要她再度表忠心的意思啊！

可是當他對上拾娘慷慨激昂閃閃發光的美艷小臉時，那句「妳誤會了」卻怎麼也說不出口。

……哎，又怎麼捨得潑眼前這摩拳擦掌、躍躍欲試的小女郎冷水呢？

「好。」他只得略顯尷尬僵硬地輕拍了拍她的肩頭，以示鼓舞。

不要緊，來日方長，來日方長罷。

……後來，裴行眞在別院硬是強行蹭了一頓點心，直待日漸黃昏，眼看著各坊門都快落鎖了，這才依依不捨地在玄機和玄符及車夫的隨扈下動身回永寧坊。

回頭看著沒心沒肺笑嘻嘻站在別院大門口對著他揮手的拾娘，還有忙著把只雕花縷空香球手爐塞給她暖手的慶伯……

果然，慶伯連個眼神都懶得給他。

好不容易裴家來了個軟呼呼嬌嫩嫩的小女郎，慶伯拿著看自家小孫女的熱烈目光繞著拾娘轉，哪裡還想得起他這個郎君？

不過把拾娘拐騙……嗯，安置在別院果然是對的。光是慶伯那份殷勤歡喜勁兒，就不愁拾娘還會興起搬到別處的念頭。

裴行眞下意識地忽略了人在拾娘身後，揹著弓箭一臉面無表情卻滿眼意味深長的赤鳶……

那眼神，好像在幫她家阿妹盯著獵物似的。

「走，回府！」他歡悅地一擺手。

就在馬車即將繞進永寧坊那整整占據了一整條寶源巷的裴府前，忽地一個矮小的身影猛然竄到了馬車前。

只不過電光火石間，立馬就教護衛在前的玄機一把擒住了！

「大膽小賊，竟敢衝撞大人的馬車？」

「大人……是裴大人嗎？裴大人，求求您救救我家主子！」一個頗爲稚嫩的童子嗓音嗚咽激動叫嚷。「——我家主子是崔炎！」

裴行眞在車廂內正閉目養神，聞聲驀地睜開了眼，探身掀開了車簾子——

「清河崔炎？」

「是，我家主子正是出身清河崔勃公一房的十一郎君崔炎。」

裴行眞略一沉吟，對玄機道：「將人帶回府細問。」

「喏。」

◆

勝業坊一處宅院中，牆角那四株櫻桃樹在寒冬中花葉全無，只剩下看著枯槁的枝椏上留有昨夜的點點殘雪……

一個形容艷麗、徐娘半老的中年美婦蹲在櫻桃樹下，默默地在盆中燒著紙。

穿金戴銀彩描娥眉的鮑十一娘則是扭著腰肢款款走近了來，看了會兒後，不冷不熱地嗤笑了一聲。

中年美婦淨持回頭怒目而視。「笑甚？」

「怎麼？阿姊如今氣性這般大，我竟連笑都笑不得了？」鮑十一娘高高挑眉。

「我知妳嫌棄我白住了這些時日，給妳添麻煩了。」淨持將最後一疊子紙錢放進了火盆中，冷冷地道：「妳放心，今日已經是第七天了，等……辦完該辦的事，我自會走的。」

「阿姊這般說，倒顯得阿妹我格外無情似的，」鮑十一娘把玩了腕間的蝦鬚金鐲子，漫不經心地道：「也不怕傷了好人心呢！」

淨持慢慢起身，眉眼間的風塵嫵媚乍然一閃，忽地笑了。「十一娘，咱們彼此都是知根知底的，妳心底做的什麼打算，我如何不曉？可我能明明白白告訴妳，我淨持再落魄，但凡我願意，依然是隨手勾勾指兒，便有大把男人奉上錦帛金玉來聘我爲妾。」

「信！阿妹怎會不信？」鮑十一娘笑吟吟地道：「可依著阿姊的國色天香，隨隨便便嫁個商人做妾，又怎比得上重張艷幟來得逍遙自在？還不用被大婦拘管，這妾通買賣，可任人發賣，和賣給誰由自己說了算，卻是天差地別的兩回事兒，阿姊可得想仔細了才好。」

「妳！」

「我難道說錯了麼？」

淨持美艷卻萎靡的面上布滿冷意，咬牙不語。

鮑十一娘自顧地說了下去：「——放眼這長安哪，銷魂馳名的平康坊三曲內，北曲就不說了，都是些顏色普通、出身低下且無選擇餘地的伎子，只有客人挑她們的，就沒有她們自選客人的份兒。」

淨持纖長指尖緊緊攢握成拳，力氣之大幾乎掐破了掌心皮肉。

「可中曲和南曲裡，那些個或清麗或嬌俏且擅長琴棋書畫、談吐不俗的上等女伎，便能受貴人和才子們的追捧，又有哪個女伎不是趁著風華正茂時，多多攏絡恩客，好速速掙些年老以後的傍身錢？」

……而但凡還癡心妄圖個有情郎的，不管再多麼艷冠群芳，有詠絮之才，最後仍只能落得人財兩失、夢醒情斷。

鮑十一娘這些年來見得還少嗎？

她名面上是長安數得上的媒婆，平時拉縴做媒，好討個吉利紅封，但真正來錢快的，依然當屬勝業坊內這些風花雪月的暗門子生意。

當初淨持母女被逐出霍王府，攜著大筆財帛之物，猶如三歲小兒抱金磚過鬧市，還不是怕一不小心就能被連人帶財給吞個一乾二淨，母女這才一併投到她門下以求庇護。

鮑十一娘自然也是背後有人的，才能在勝業坊內占據一山頭，爲達官貴人、文人雅士們，和這些風華絕代美艷傾城的女郎牽線搭橋、共度春風……

以霍小玉傾城之貌，還有出自王府嬌養的通身才華氣度，又何愁不能在長安收攏一大批爲她戀慕癡狂，且爭相一擲千金博得美人一笑的恩客們？

可誰想得到，她一直頗爲看好還想精心栽培的霍小玉，卻在初嚐風月之事後，當眞動了眞情，就這樣栽在了李益的手上。

偏偏淨持母女和她之間只有合作依附關係，並沒有賣身契在她手上，否則在發覺那李十郎不過是個金玉其外的空心繡花枕頭之時，她便能火速斬斷了他們二人的情意糾纏……

也不至於讓霍小玉掏盡了自己的私房，病得容色凋零，最後還得了這個悽慘飄零的下場。

鮑十一娘精明的眼神裡，有抹黯然和惋惜一閃而逝，又復硬起了心腸，百般規勸道：「所以我說阿姊，妳也莫再留戀過去身爲霍王寵妾的好光景了。霍王當初是怎麼薨的，外人不知，難道妳也不知嗎？」

淨持美艷臉龐瞬間蒼白如紙，穠纖合度的身子隱隱顫抖，像是想起了舊日可怕的夢魘……

鮑十一娘壓低了嗓音。「——那是聖人大發慈悲，不再追究前事，雖說奪了霍王的王爵，還是把霍王府和剩餘產業都還給了霍王後人，妳們母女當年也算是逃過一劫，多出來的這條命就當撿了的。現如今妳不趁著還有幾分美貌……難道當眞要熬到人老珠黃，淪落在勝業坊還是平康坊當個粗使婆子麼？」

淨持心緒紛雜如亂痲，又忍不住悲從中來。「我們母女那時就一條白綾吊死在霍王府內，倒還落個乾乾淨淨。」

「好死不如賴活，阿姊，妳一腳都踩在污泥裡多時了，現下又嫌棄起我們這些人腌臢了不成？」鮑十一娘臉色一沉。

淨持緊緊咬唇不說話。

鮑十一娘甚是不痛快地嘲諷道：「我鮑十一娘再貪財不堪，也看在妳我舊時情義和小玉可憐一腔癡心上，這一年來縱容妳們母女為了找那個負心薄倖的李郎君，鬧得人不人鬼不鬼的……我可還不夠仗義？」

換做旁的媒婆或是虔婆，早嫌母女倆鬧騰又晦氣，讓她們盡早收拾包袱，有多遠滾多遠了。

淨持心如刀絞，又難堪又悲怨，不由淚流滿面。「我只是……心疼我家小玉，她這遇上的竟不是冤家，而是仇家……」

鮑十一娘目光清冷漠然，望著那無花無葉無果的櫻桃樹，良久後喃喃道：「這吃人的世道，沒心可比有心來得長久，小玉不明白這個道理，妳得替她活明白了。」

淨持嗚咽難抑……

就在此時，一個小廝大驚失色地匆匆來報——

「不好了，有一隊武侯包圍住了咱們宅院！」

鮑十一娘有些慌亂，隨即定了定神，呵叱道：「怕什麼？咱們既沒做過什麼殺人放火的事兒，此間的生意又是打點過上頭的人，若當眞有人想特意刁難，後頭還有公主和駙馬爺爲我這老奴做主呢！」

她早年是駙馬府中放出來的老人兒，這些年來也暗中幫著舊主促成了好些差事，在公主和駙馬面前多少有幾分臉面，若當眞事情鬧大了，她也不怕。

「那、那眼下……」小廝搓手緊張問。

「個不成器的東西，毛毛躁躁，往日調教你的都學到狗身上去了？」鮑十一娘重甩寬袖抽到了小廝臉上，啐道：「邊兒上去。老娘今日倒要看看，究竟是哪支武侯這般不識相，回頭定要讓王將軍狠狠責罰一番才是。」

就在鮑十一娘氣呼呼地離開後，淨持面色慘白，怔怔地看向那盆已經燒得只餘灰燼揚飛的紙錢。

而後她緩緩起身，拾階登梯而上，回到了母女倆棲身數年的繡樓簷下欄杆前……

昏暗的雕花柱子後繞出了一個纖瘦小巧的身影，悄悄地到淨持身邊湊近低聲稟報——

「果然來人盯著了。」

「……很好，」她喃喃，目光悽楚卻冰冷決絕。「我得替小玉把她沒完成的事做完，我這個阿娘已經錯了一次，不能再錯第二次了。」

纖瘦小巧女子默默地伴在她身邊。

「浣紗，待此間事一落，妳便拿著身契和他遠走高飛吧！」淨持輕聲道。

女婢浣紗眼眶一紅，搖了搖頭。「奴陪著您，奴哪兒也不去，除非您跟奴一起走。」

「我這一生長在長安，看盡了長安的繁華，也嚐遍了長安的無情……不管日後歲月多長，我都已經走不動了。」淨持靜靜地眺望著由近至遠處，那一片片屋簷連接著屋簷，大紅燈籠連接著大紅燈籠的坊市……

何況，她還得睜大雙眼，好好替女兒「看著」呢！

✦

裴府占地遼闊，亭臺樓閣、花榭玉廊，無不布置得清貴雅致，端是一步一景一風流，更是處處可見雍容中透著世家千年的底蘊氣派。

裴行眞風塵僕僕回到家中，自然是先到翁翁裴相所住的主院「上善居」請安，陪著老人家略聊了會兒，並交換一番蒲州雙案和如今朝中政情風向的心得後，這才告退而出……

「麟奴，」白髮蒼蒼卻依然清俊爾雅的裴相忽然喚了他的小名，深邃滄桑智慧的眸底掠過一抹笑意。「聽說，你把卓盛家的小女郎拐回長安了？」

裴行眞俊臉頓時紅了紅。「翁翁您怎麼——」

「貴客甫進了別院，阿慶便迫不急待讓人給翁翁捎消息來了。」裴相從未看過氣定神閒、聰慧機變的孫兒這般羞赧失態過，不禁心下大喜。

孫子這是總算開竅了？

可憐他這孫子乃長安城赫赫有名的高門貴子，偏生一心撲向刑部政務，空長著一副人面桃花風流相，這麼多年來身邊卻連隻母蚊子都沒近身過。

就算世居江南道那些個才貌雙全、風華絕代的表妹們，到了長安來訪親，十次裡有九次是見不著他的面的，便想親上加親都找不到機會……

他兒子兒媳三年前遠赴淮南道任職前夕，還私下偷偷來央求他這個翁翁千萬得拿出威嚴來，押也要硬押麟奴去參赴幾場衡山公主辦的百花宴。

不求麟奴在百花宴上就能相中心儀的女郎，就是出去晃幾圈，讓那些小女郎們多看幾眼也好，否則成日跟那些個刑案命案、推官嫌犯爲伍，哪天才能討房順心合意的媳婦回來？

他們裴家盼紅了眼的小孫孫、小囡囡，又幾時才能得？

不只兒子媳婦急，裴相心裡也急，只是礙於翁翁的威儀，捨不得嚴苛逼迫向來令他引以爲傲的六郎胡亂訂下親事，若爲了長輩的心願強娶了自己不喜歡的，那糟蹋的可是一輩子的終身幸福。

他們裴家世代以來士族傳承，枝繁葉茂，子孫爭氣，早已經無須和世人眼中豪門巨閥的五姓七宗結親，才叫作門當戶對珠聯璧合了。

按私心來說，孫兒能娶一個眞正情投意合的女郎，日後夫婦同心協力和樂融融，自然能壯大家族，子嗣綿延。

以公而論，五姓七宗勢力龐大，本就是聖人眼中既敬重又忌憚的存在，若裴氏再刻意與之強強聯合，那越發是在聖人心中扎刺兒了。

裴相博古通今，深謀遠慮，有些事兒，能避諱就避諱過去，別仗著有幾分權勢底蘊便恣意妄爲，須知許多隱患皆埋於日常之中，身處名利場、朝堂局，更不可不愼。

如今孫兒出了一趟遠門，非但成功破了三樁懸案，竟連終身大事都有望解決，叫老裴相如何不歡喜？

卓盛雖然只是衛國公當年麾下猛將之一，狀似粗豪實則細心藏拙，不愧是衛國公調教出來的心腹，同樣的謙遜低調行事內斂，只管一腔忠心為聖人為大唐，從不逾矩妄言。

卓家女郎更是曾在聖人面前掛上號兒的女將，當年陰山之戰，能以十二歲稚齡與乃父上戰場，隨主帥大破東突厥……這是何等英雌氣魄，絲毫不遜當世男兒。

裴相越想越是喜孜孜起來。

府中一向文風鼎盛，娶進門的媳婦多為書香世家貴女，若在這一輩兒能有個女英雄孫媳，裴氏一族也能稱得上是「文武雙全」了哈哈。

「翁翁您收斂著點。」裴行眞輕咳了一聲，有些靦腆道：「卓娘子颯爽魯直可愛，辦起案來卻是心思細緻、觀察入微，孫兒確實覺得卓娘子極好……但如今論及婚嫁一切尚早，孫兒也不想嚇著她，況且，她至今眼中只有公事，並無其他……」

「你手腳也忒慢了。」裴相恨鐵不成鋼。「多把處理公務的心思擺在博得小女郎歡心上，翁翁還指望闔眼前能抱到小孫孫呢！」

「咳，翁翁……」裴行眞又無奈又好笑。

「知道了知道了，」裴相嫌棄地揮攞了攞手。「翁翁就不在這裡多囉嗦叨絮了，你切記對人家卓家小女郎多上點心才是，要讓人家見到你的誠意，知道嗎？」

「孫子謹遵翁翁教誨，定會在卓娘子跟前多多表現。」他低笑，忽又想起方才入府前之事，神情一肅。「——對了，翁翁，近幾日長安可有出什麼大事？」

裴相沉吟。「朝中近期掰扯的，仍是通查天下水陸驛站和馬匹……此令牽涉到朝廷用馬，還有幾處王公經營的馬場，箇中利益龐大交雜，便是聖人也多有傷神苦惱之處，但查還是要查的，否則有些東西盤根錯節久了，必然徒生禍患……怎麼了？」

「清河崔世伯家的十一郎被捕了。」他蹙眉。

裴相詫異。「十一郎所犯何事，竟嚴重到被捕的地步？」

「孫兒目前還不清楚狀況，但十一郎的龜茲小奴蘇尼，適才在府外急急攔下我的馬車求助。」

「竟有此事？」

他正色道：「是，稍後我會詳問個清楚，只是十一郎母親乃太穆聖順皇后的親姪女，雖說其父前隋成都縣公竇文殊過世得早，但在聖人心中也還是有這個舅父的。十一郎此番被武侯押入京兆府大牢，爲何十一郎堅持不讓小奴回府求援？」

「麟奴是擔心此間另有內情，怕牽涉到竇夫人……甚至是聖人家中私事？」裴相素來深知自己這個孫子雖說秉性剛毅正直、外圓內方，卻也是個走一步看十步的機敏性子，會有此一問，想必是先預加防範萬一。

若十一郎涉入的是尋常案件，便有尋常案件的應對方式，而若是關乎朝政或聖人……那自然有其他因應之道。

「十一郎平常看著像是豪奢輕狂的貴家子弟，實則從不仗著父母和崔家威勢而飛揚跋扈、欺男霸女，骨子裡自有仁義豪俠之氣，也深諳韜光養晦之道。」

裴相撫鬚沉吟。

他面露思索。「他竟會讓自己陷入被捕成擒之境，還不允近奴求援，只有兩個原因——一是他確信自己是清白的，所涉之案動不了他，二則是案子事關重大，他怕禍及家人，所以堅決不讓近奴回府討救兵。」

裴相目光灼灼然。「所以你才會問翁翁，近日朝中可有大事？不過崔氏一族所經營產業多爲酒樓書肆，幾個近郊的莊子也離皇莊上的牧馬場甚遠……崔勃素來是個謹慎的，轄管族中子弟甚嚴，竇夫人更不用說了，自嫁入崔家，連宮中都少請見。」

「如此，孫兒便知道了。」裴行眞微微吁了口氣。

「只是……這霍小玉，認眞細究來身分上也有些隱晦尷尬。」裴相嘆息。「崔十一郎當初仗義相助後，便該抽身而退，不應後來又攪和其中的。」

裴行眞心念一動。「翁翁是指霍王當年之事？」

「當年，霍王因玄武門之變，就此心生偏激，竟一時起了謀逆之心，」裴相壓低聲音，感慨道：「聖人有天策府的精兵強將拱衛，又有良臣輔佐，豈是區區霍王暗地裡那小打小鬧的招兵買馬就能撼動的？」

尚未待事發，密報就傳到了聖人手中，接著一夜間兵圍霍王府，幾個時辰後，玄甲軍又如黑色巨浪潮水般退去……來如雷霆去若閃電，霍王私兵根本沒有一戰之力。

甚至長安城大多數人都未曾被驚動，只待天亮後各坊門開啓，消息特意傳出，大家才知道昨夜霍王薨了。

「聖人看在手足份上，只命霍王一人自戕，對外隱密不宣，且不追究累及兒孫，好叫他們雖沒了王府的尊貴和庇護，終究是金銀不缺、衣食無憂，」裴行眞低低道：「——萬萬沒想到霍王府諸子並未兄弟鬩牆，反倒容不下區區一個幼妹，驅逐她出府淪落風月之地，讓外頭人看得也齒冷。」

「明面上說他們兄弟是瞧不起霍小玉是女婢淨持所出，這才將淨持母女攆出王府自謀出路，但此舉若細細想起來……卻也不免令人心生疑竇。」裴相道。

「沒錯，」裴行眞聽翁翁這麼說，也覺其中頗有蹊蹺，思索道：「舉凡王公貴冑高門望族甚至尋常官員商戶，內院哪裡都不缺姬妾女婢所出的庶女，可鮮少聽說過府中當家人把庶女逐出家門的。」

庶女們的身分和待遇一向比不上嫡女的尊榮，但稍微顧念自己名聲的主母，也不會處處刁難苛刻，只待庶女及笄後，用一副不好不壞的妝奩將人送嫁出門也就罷了。

然而在多數名門官宦人家中，庶女亦是家族對外聯姻的好棋子，就更加不可能隨意就這麼拋棄。

像霍小玉這般美貌嬌養出來的女兒，若世故勢利些的兄弟，頭一個尋思的就是拿她終身幸福去換回更多的好處……

思及此，裴行眞心中有些不好受。

大唐的風氣對女子已是寬待縱容多多了，可還是有很多人家壓根不把女郎們的悲喜榮辱當一回事兒。

……幸虧拾娘的父親是個尊重、珍惜女兒興趣和才能的好阿耶，讓她能如自在翺翔九天的飛鷹，也才有了如今意氣風發、英姿颯爽的「卓參軍」。

若今日換做是拾娘落到了霍小玉同樣的境況，相信她決計不會將命運交付在旁人的手上，單憑著一身鐵骨和一腔孤勇，她也能為自己打出一番傲視群雄的天地！

裴相不知孫兒此刻心中所想，他貴為百官之首，自然消息靈通，忽地想起了某個流竄在宮幃間，不知是眞是假的風聲祕聞，沉吟道——

「——翁翁倒是聽過一個關於霍王的小道消息。」

裴行眞抬眸，目光又復專注了起來。

「說當年霍王謀逆雖未成，可府庫卻有大批金銀錦帛不知去向，後來霍王幾個兒子雖祕密把霍王府到處挖了個遍，想找出這批驚人的財物，最後亦是毫無結果。」

裴行眞眼神如炬，腦中陡然閃過了一絲敏銳大膽的猜測——

「莫非他們當初將淨持母女攆出王府，是懷疑消失的那批金銀錦帛落到了兩母女手中，這才藉著逐出府的動作，想逼著淨持和霍小玉受於生活所迫，暗悄悄起出那筆財富？」

「翁翁不知。」裴相撫鬚搖了搖頭，嗓音深沉。「不過事涉王府舊事，又關乎巨額財寶，財帛動人心……會牽動出什麼樣的禍害，也就難說了。」

裴行眞微瞇起眼，思緒飛快。「但淨持母女若知道那筆錢財藏於何處，當時霍小玉爲尋找李益下落而散盡千金，窘迫得連及笄上鬢時，霍王特意命宮廷玉匠爲她打造的紫玉釵都能賣了，又怎麼會不動那筆財帛珠寶？」

裴相直視孫兒。「也許當眞是翁翁想多了，但也或許，這案子並非如表面所現那樣，只是爲了情殺和仇殺，翁翁不知。但你身在刑部又受聖人提拔，自當明察無私，洞燭奸邪，以昭王法。」

裴行眞心下凜然，端肅恭謹地執手做禮。「——多謝翁翁提點，孫兒必定會將這樁案子來龍去脈查個水落石出！」

第五章

長安宵禁嚴格，然緊急事務出行者例外之，裴行眞身爲刑部侍郎，又爲查案之故，所以很快便來到了京兆府大牢前，在牢頭恭敬哈腰相迎下，緩緩踏進了陰暗溼冷的牢獄裡。

時近臘月，縱使披了厚厚外衣仍抵禦不住那鑽進骨子裡的寒意，而一身裘衣的崔炎靜靜地盤腿坐在石床上，除了看得出面色微微凍白之外，並未有任何驚慌落魄之態。

他看著高大挺拔宛若美玉勁松的裴行眞由遠至近而來，神情閃過一抹釋然和隱隱不安。

裴行眞鳳眸銳利地捕捉到了崔炎那一眼的異常，依然面色如常地微微一笑。

崔炎起身來到囚房柵欄前，無奈地嘆了口氣。「終究還是驚動你了。」

「十一郎何必同我這般客套？」裴行眞凝視著他。「我方才問過武侯關於此案來龍去脈，也看了海捕文書和相關卷宗，十一郎可有什麼要補充的？」

「你相信我不是兇手？」崔炎挑眉。「據說命案現場可是有我的金彈丸，死者盧氏亦是太陽穴遭擊碎而斃命。」

「你是兇手嗎？」

「不是我。」崔炎盯著裴行眞。「可我說了你便信嗎？」

「自然得人證物證罪證確鑿，方可確認誰是眞兇。」裴行眞神態輕鬆，負手而立。「十一郎，你若不是兇手，那麼須得信我，從頭至尾將到鄭縣的原因和行蹤坦然相告，尤其是案發當晚子時，你人在哪裡？」

崔炎沉默了片刻。「我不能說。」

裴行眞鳳眸炯炯。「——你的鄭縣之行，事涉霍小玉嗎？」

崔炎微微一震，隨即聲音上揚：「不，和她無關。我到鄭縣是辦我自己的事，和霍小玉一點干係都沒有。」

裴行眞注意到了他緊繃的下顎，還有他話語間的重複。「……你在說假話。」

崔炎呼吸一窒，強笑道：「裴大人，我倆雖是少年玩伴舊友，可這些年來你官運亨通扶搖直上，我卻是吃著家中的這碗安穩富貴飯，與你不再是同路人，你不瞭解我，憑甚直指我撒謊？」

「十一郎，你還是跟小時候一樣。」裴行眞嘴角隱約上揚。

崔炎瞪著他。「我、我又怎麼了？」

「你小時候說不贏我，便會賭氣說些劃清界線的話，」他鳳眸中笑意溫暖了起來。「過後還會找個無人的地方踢石子抹眼淚——」

崔炎俊臉瞬間紅了。「誰、誰抹眼淚了……」

「還會結巴。」

崔炎氣鼓鼓地怒視裴行眞……半晌後又像洩了氣的皮毬，悶悶地道：「六郎，我不是兇手，可我也不能告訴你我爲何去鄭縣，你該知道我的脾氣，雖做不得快意恩仇的江湖人，卻也自有我堅持之道。」

「無論你承不承認，早在你爲霍小玉出手之時，在世人眼中，你便是那個仗義豪俠的黃衫客了，和霍小玉、李益等人早已撕扯不開。」他溫和道：「況且你的隱瞞，也只是讓眞正的兇手有逍遙法外的機會，也讓李益打著『喪妻之痛』的名義，攫取本不該屬於他的利益。」

李益其人，端是才華洋溢風華無雙，卻在經過和霍小玉那番糾葛後，在長安上流權貴和書香名門眼中已然成了薄倖軟弱自私之輩，擔任地方主簿尚可，但是往後再也莫妄想有更上一層樓的機會。

然而盧氏死於非命，兇手又可能是高門公子崔炎……縱使到最後仗著士族和皇室姻親的原因，讓崔炎能逃過唐律嚴懲，但勢必須要對「受害者」李益和盧誌做出相應的賠償。

有時權勢和政治角力也來自於某些心照不宣的交換，崔炎雖然出身名門，對朝政風向略微有所覺察，可其敏銳度還是比不上那些個久經官場的老狐狸跟小狐狸。

……譬如裴相，又譬如裴行眞。

他的話瞬間點醒了崔炎，只見崔炎面露猶豫和掙扎之色……

「六郎，我……」

「你若是擔憂坦承其中緣由會為霍小玉名譽帶來困擾，那麼，已經不需要有這個顧慮了。」他忽然道。

崔炎心一緊，臉色不自覺白了白。「你這是什麼意思？」

儘管覺得有些殘忍，裴行眞還是低沉和緩地道：「——方才我在京兆府尹口中得知，武侯今日去勝業坊，沒能將霍小玉一同帶回京兆府大牢，只因霍小玉七天前已然上吊自盡，香消玉殞。」

「不可能！」崔炎面色劇變，慘然若紙。

……七日前……七日前那個瘦骨嶙峋卻依然悽艷絕美如雪白荼蘼花的女郎，明明還眉眼溫柔地望著自己，口稱崔郎君受累了……

她身子荏弱，可雙眸還是那麼明亮，彷彿盛滿了一個清淺又繽紛的春天，笑起來的時候頰畔小小的梨渦若隱若現……

天知道自己是用盡了多大的力氣才死命克制住，伸手輕輕碰觸那小梨渦的衝動。

不能唐突她呀！

她短暫的十數載芳華，早已經歷了那麼多不該承受的痛楚和苦難，他若再多綻露一分對她的心意，於她而言何嘗不是另一場滅頂之災？

也許她全都知道，可她凝視著他時，眼底依然是滿滿的感激和敬意……

她最後認真地對他說：「崔郎君受累了，君之大恩，小玉此生無力償還，只盼來生，結草銜環、竭誠以報。」

他不敢再迎視她美麗的雙眸，只是倉促地低下頭，故作爽朗地哈哈一笑。「不過舉手之勞罷了，但崔某保證，此行絕不負女郎所託，也決計不會傳與第三人知曉。」

而霍小玉的回應，卻是在床榻上深深地、虔敬地向他伏首作禮。

……思及此，崔炎痛苦地閉上了眼，拳頭攢得死緊。

「霍小玉之母淨持和鮑十一娘都親口證實，在見過你之後當晚，霍小玉將她倆支出勝業坊，等她們買齊了霍小玉點名要的吃食點心再回去後，就看見霍小玉用腰帶將自己懸於樑上……」裴行眞目光柔和而不忍地看著崔炎，終究沒說完。

「六郎……六郎！」崔炎陡然睜眼，眸底血絲遍布，猛地抓住了柵欄緊緊欺近。「求你幫我查清楚，小玉必定是遭人殺害，她不可能會上吊自盡，她已經病得連勉強起身都不能了，如何有力氣用腰帶……結束自己的性命？」

裴行眞目光一凜。

「肯定是李益，是李益下的毒手！」崔炎咬牙切齒，英俊臉龐怒氣扭曲沸騰。

「他知道了當初那件事是我——」

「哪件事？」

崔炎僵了一僵，握住欄杆的指節都泛白了……最後，終於低低地說出了自己前日去往鄭縣所行何事。

……他相準李益休沐在家時，故意趁盧氏爲李益彈琴之際，從門外拋進去一個斑紋犀牛角雕成的鑲花盒子，裡面還以輕柔的絲帶繫成同心結，落在盧氏杯中。

被驚動的李益自然心生起疑，搶在盧氏之前一把攫過，打開來看，見到裡面裝著託寄相思的紅豆，一隻表示祈求的叩頭蟲，還有刻意放在裡頭的春藥發殺觜和驢駒媚。

李益當時便憤怒地吼叫起來，聲音就像狼嚎虎哮，提起琴來擊打盧氏，逼迫她說出實情。

盧氏始終解釋不清這件事情，哭哭啼啼被打得一身青紫，李益面色猙獰扭曲如惡鬼，最後狠狠地抓著盧氏的長髮往地上一貫，而後奪門而出，便到鄭縣知名的煙花柳巷發洩去了……

崔炎潛伏在屋瓦之上暗中窺探這一切，大感解氣。

李益懦弱陰毒始亂終棄，固然令人髮指，而盧氏初始雖是因著父母之命媒妁之言嫁入李家，可她在知道事情始末後，卻也仗著自己出身高貴，對於霍小玉言語刻薄多有詆毀。

這世道對女子本就多所苛責不善，然女子非但未能體諒女子，反倒還爭相落井下石，又如何不令人齒寒？

李氏夫婦都不是什麼好鳥，彼此之間信任全無，也難怪一經挑撥便惡臉相向。

「……我自知此事並非君子所爲，可李氏夫婦所言所行，又何嘗不令人噁心？」

崔炎平靜了下來，唯有赤紅雙眸，依然掩蓋不住對適才聽聞噩耗的痛苦，喃喃道：「所以我不後悔。」

「是霍小玉央求你這麼做的嗎？」

崔炎又沉默了，良久後才道：「她沒有這般險惡陰毒的算計，當初只不過是央求我去給李氏夫婦製造誤會，令夫妻生嫌隙。紅豆和叩頭蟲、媚藥等物是我託鮑十一娘幫著弄來的，與霍小玉無關。」

「她七天前央你做此事，又爲何你前日才去往鄭縣？」

崔炎神色黯然。「我和她碰面一事被我阿耶知道了，阿耶大發雷霆，便命府裡部曲衛士拘了我好些時日，後來還是蘇尼偷偷放了我出府，我這才能趕往鄭縣。」

裴行眞眸中精光一閃。「你前日去鄭縣，今日歸長安，難道就未再前往勝業坊向霍家女郎踐約？這不似你平素行事風格。」

「她那時強撐著病骨支離求我相助，我也允諾了必速速爲她辦成此事，可卻……」崔炎頓了一頓。「因著自身緣故，耽擱多時，我對她難免心中有愧，今日回長安便不敢去見她，又怕我阿耶遷怒及她，想著還是待事過境遷，家中長輩看管得鬆了，再……可誰知道……她竟已經……」

溼冷晦暗的大牢中，崔炎暗啞濁重的呼吸裡有著一絲隱忍不住的哽咽。

誰知與她的那一面，竟是此生最後一面……

「那麼昨晚子時左右，你人在何處？」裴行眞再次重複問。

崔十一郎低聲道：「做下此事後，我心下始終不大痛快，便命蘇尼留在雲來客舍中，自己去酒肆沽了壺酒，在西城牆角樓無人處喝了大半夜的酒。」

「守角樓的士兵沒有發現你？」裴行眞皺眉。

「我往年來過鄭縣，知道那處挨著峭壁而建，素來是不派士兵值崗的，」崔十一郎道：「且大晚上烏壓壓的，寒風凜冽，就更沒有人會巡視了。」

「如此，便也無人能證明你昨夜子時前後確實就在西城牆角樓。」裴行眞搖了搖頭。「你該知道，這樣的證詞是不足採信的。」

「我知道，換作是我聽了也不信。」崔十一郎黯然道：「……說來諷刺，我此行本就是爲了挑撥，令李益夫婦反目成仇，前日李益暴怒痛毆盧氏之時，我亦是心中大快……但見盧氏在暖閣裡痛得瑟縮抽搐求饒，還被李益警告萬不可對人言，否則他便要拿著姦夫的信物到外頭大肆宣揚……」

崔十一郎說著說著，聲音有些啞了。

裴行眞注視著他。「你這是覺得愧對良心，所以這才到角樓上吹了一夜的冷風？」

「我崔十一向來自恃行事磊落光明，鋤強扶弱，可如今——」崔十一郎自嘲地笑了。「我說過，爲了小玉，我並不後悔，若一切重新再來，我也依然會做相同的事，但我造下的孽，我自己背，所以有今日之劫，也是報應。」

「你說的證辭，我會派人去查，」裴行眞沉默了片刻，再開口問：「你的彈弓和金彈丸何在？」

「已然被武侯盡數搜了去。」崔炎胸口鬱鬱隱痛，深吸了一口氣，低聲道：「聽武侯所描述的，遺留在現場的金彈丸上刻有一小簇火焰之形，的確像是我命人專門打造的。」

「你往日可有擊出後未曾收回的金彈丸？」

長安不乏高門子弟以金銀鑄做彈丸，既增加擊殺力又可顯一擲千金的富貴氣派，但多半擊出後都會再讓奴僕拾回重複之用，但也並非每回都會在意收不收得回。

有時甚至引來街坊上小兒競搶拾撿金銀彈丸……

「自然是有的。」崔炎點了點頭，腦中飛快閃過了一抹什麼，終究還是沒有開口。

……小玉那兒也有他昔日贈與，充作信物的一枚金彈丸。

但，他知道小玉不會那樣對他的。

「驗屍格上記錄，盧氏死於昨夜子時左右，據鄭縣卷宗紀錄，昨日李益人卻在長安，他的岳父盧誌過壽，李益留在長安盧府陪同宴客，也是今早城門開後才趕回華州鄭縣，那時已經是過晌午，盧氏屍身已僵……」裴行眞嚴肅道：「李益敢做此證詞，那麼便是盧誌和城門兵卒都能爲他作證，事發之時，他確實不在鄭縣。」

崔炎一震，臉色蒼白了起來，咬牙道：「即便如此也不能證明，壽宴過後他人仍在長安，李益堂兄正是京兆參軍李尙，當初他去見小玉，還是跟李尙借的黑色駿馬和黃金轡頭，若李尙想爲他隱瞞，亦是輕而易舉。」

「李尙？」裴行眞心中記下，稍後便讓玄符先去查清此人底細，並確認李益當日手持敕牒和告身帖，是幾時進出的安化門？

「是。」崔炎激動地道：「還有，我也聽說盧誌一向欣賞他這個女婿，說不定也代爲遮掩——」

「但盧氏才是盧誌的親生女。」裴行眞提醒。

崔炎一僵，激動的情緒刹那間彷彿被當頭澆了盆冰水。

裴行眞目光沉靜，「十一郎，我會親自調查此案，如果你是兇手，我自是秉公處置，但倘若你不是，我也不會眼睜睜任人誣陷你入罪。」

崔炎眼眶紅了，良久後道：「六郎……多謝你，便盡人事聽天命吧，如若最後未能證明我的清白，也莫要將你自己搭進去。」

裴行眞鳳眸驀地笑意湛然。「十一郎，你該對我更有信心才是，況且我有一破案高手助陣……」

「破案高手？」崔炎抓住牢獄鐵柵欄的手再度緊了一緊，又重新燃起了希望，急促喑啞地喊道：「——六郎，你和這位高手可否幫我查一查小玉之死的眞相？她……她也算是我表妹，以前不曾因爲親戚情分看顧過她也就罷了，可現在她不幸身死，我更加不能坐視不管。」

「你母親竇夫人雖是聖人的親表姊，霍王卻不是太穆皇后所出，認眞算來，霍小玉與你也談不上是眞正的表兄妹。」

崔炎一滯，神色黯然。「我……」

「崔世伯當初阻你，便是怕你對霍小玉生出了不該有的男女之思吧？」裴行眞淡淡道。

崔炎神情苦澀，搖搖頭道：「……事到如今，我只盼爲她求個明白，她不可能會投繯自盡，她既強撐著一口氣也要看到李益遭報應，又怎麼可能會草草就了結自己的性命？」

「你如今身陷囹圄，能否洗清嫌疑尚不可知。」裴行眞出言提點，清醒而冷靜。「霍小玉畢竟已不在人世，她是自盡還是他殺，縱然立案也當排在你的案子之後。」

「我知自己沒有殺人，縱使一時無法證明自己的清白，至多也不過是在牢中多關些時日罷了。但霍小玉卻不同，她如今命喪黃泉，若未能查明她眞正的死因，我必當終日寢食難安！」

裴行眞凝視著眼前眼眶泛淚、有些癲狂的崔炎……

許是這些時日來，自己也初初領略了，爲一個女子怦然心動又隱隱牽腸掛肚的滋味，他開始有些理解崔炎的心情。

也……有些心軟了。

「也罷，」他允諾。「你放心，霍小玉本也是此案相關人之一，兩案併作一案查，我們自當勿枉勿縱，通查到底。」

「六郎，多謝你……」崔炎喉頭哽噎。

◆

當晚，一離開京兆府大牢的裴行眞，轉道就去了刑部尚書劉大人府中求見。

他被劉府管家提著燈籠殷勤地迎入了正院中，在恭謹地向劉尚書行完禮後，便一五一十地上報了盧氏命案始末。

「——事情便是如此，還請尚書大人裁示。」

劉尙書目光複雜地盯著他，良久未語。

裴行眞不心急也不催促，而是神態平和如故地靜靜等待著。

反倒是他阿娘的手帕交，也是劉尙書繼妻平壽縣主，見自家夫君面色凝肅，光端著茶碗喝茶卻遲遲不表態之際，忍不住挑眉道——

「阿郎，六郎爲了辦案這沒日沒夜的，今晚還是爲了案子奔波操勞，你身爲刑部上官，好歹也哼一聲兒？」

劉尙書已過中年，依然容貌清俊威嚴，聽著妻子這般給自己拆臺，嘴裡那口熱茶是吞也不是，不吞也不是……

劉尙書略頓了一頓後才嚥下，清了清喉嚨道：「六郎才從蒲州千里迢迢回長安，尙等不及明日天亮到刑部點卯，便又搶了鄭縣的案子糾察，若刑部官員人人都學著他，那成什麼樣子？」

「是下官行事唐突，」裴行眞謙遜誠懇地深深躬身行禮道：「叫尙書大人爲難了。」

平壽縣主有些心疼，可自家阿郎端肅耿直，公私分明，有時固執起來連聖人也拗不過，她在一側若再多說兩句，少不得反連累六郎被訓一場。

但今晚見六郎面上猶有趕路奔波的風霜之色，便爲了這案子，寅夜匆忙請見……

平壽縣主輕嘆了口氣，只得轉頭吩咐女婢，去灶下取來一盅熱熱的雞湯來，叫孩子喝著暖暖胃也好。

「多謝縣主。」今夜是爲公事而來，裴行眞對著平壽縣主感激一笑，也不便如往常那般親近地口稱姨母。

「我便不打攪你們爺倆談公事了，」平壽縣主輕輕拍了拍裴行眞的肩頭，慈愛道：「別仗著年輕就不把自己的身子骨當回事兒，先喝完雞湯再議事，知道嗎？」

「六郎知道。」

平壽縣主姿態優雅地款款而去，臨走前還不忘橫了自家阿郎一眼，眼帶警告。

劉尚書捧著茶，面上仍舊端著，心下卻有些不是滋味。

那灶上溫著的雞湯不是給他做夜宵用的嗎？

稍早前夫人還說他案牘勞累該當補補，現在這裴家小郎一來，雞湯就易主了……

劉尚書當著小輩兼下屬面前，自然不好表現出自己在吃味兒，只得繼續板著臉，等裴行眞舉止清雅從容地喝完了那盅香味四溢的老蔘雞湯後，才哼道——

「罷了，按律此案確實存在疑點甚多，受害人盧氏又是鄭縣主簿之妻，鄭縣府衙亦當有規避之責，刑部接掌此案也屬應當。」

「多謝大人。」

劉尚書放下了茶碗，目光銳利。「可你與崔十一郎有舊，也不適合主辦此案，否則盧誌要參你一本，你也得乖乖受著，反倒於破案無益。」

裴行眞溫和道：「尚書大人教誨的是，所以本案下官當為輔。」

「那誰為主查？」劉尚書挑眉。「你的意思，該不會是打算將此案主辦糾察交給方侍郎？」

刑部右侍郎方毅之聰慧敏銳，可惜卻是徐晉忠的人馬……

想到徐某此人，劉尚書臉色隱隱陰鬱難看起來。

徐晉忠時任中書省中書侍郎，父親徐善新爲前隋一代忠臣，大業十四年，宇文化及興兵弒殺隋煬帝，徐善新不願臣服、甘願就死，而徐晉忠卻在宇文化及面前手舞足蹈，哀求苟全性命。

後他又投入瓦岡寨李密麾下，隨李密歸附大唐，雖德行有虧，但繼承了先祖才華，善屬文、通古今，乃爲少見的飽學之士，聖人心性寬宏、浩瀚如海，自是用人不疑，便命他負責起草詔令文表、審議百司奏章。

徐晉忠看著溫文爾雅宛若當世大儒，但劉尚書從未小看過這位文筆詞藻錦麗，一副忠心侍君的許中書侍郎。

世上大忠大勇、大仁大義者稀，劉尚書自己也尚不能做到，更不苛責強求大唐每個官員都能正直耿介、名副其實。

但徐晉忠私下時有放浪輕浮之舉，偏偏日常滿口仁義道德，知書達禮……足可見得此人的道貌岸然，表裡不一。

儘管聖人和朝廷百官對他的才學極爲肯定，可劉尚書卻深知自己和徐晉忠不是一路人。

他看不慣自己的耿介剛直，自己也看不慣他的圓滑虛僞。

而方毅之師從徐晉忠，是其親自相中舉薦的門生，平時在刑部行事恭謹、處處小心，也頗得刑部上下讚頌，論鋒頭和風評，恰恰僅遜於裴行眞一頭……

劉尚書又何嘗看不出，方侍郎平時可沒少把六郎視爲平生勁敵，卻還是口口聲聲推崇六郎爲刑部第一人。

如此捧殺，這是生怕他這個刑部尙書不把六郎當成眼中釘、肉中刺！

所以假若這樁案子落到了方侍郎手中，無論成與不成，於六郎都是項莊舞劍、意在沛公。

若案子水落石出，便是方侍郎破案高明、手段了得，可假如案子最後和稀泥了，也能推搪到六郎貴爲刑部左侍郎，私下和崔十一郎有舊，致使方侍郎查起案來，步步受人掣肘……

劉尚書雖然剛正不阿，然宦海浮沉多年，又哪裡窺不破這些噁心人的權術伎倆？

裴行眞望著劉尚書緊皺的眉頭，心下一暖。「大人不用擔心，這樁案子主查辦者自然不會是方侍郎，下官已經想好了，蒲州司法參軍卓娘子借調入刑部協同辦案，她並非朝中任何一派，便是盧誌和方侍郎也指摘不出個錯字。」

劉尚書沉吟。「但她畢竟是由你調派入的長安……」

「此調遣令，是經聖人同意的。」他微笑。

在蒲州偵破張生命案後，他便上書密函和案件卷宗一併直達天聽，其中更是大大側重於肯定拾娘驗屍和抽絲剝繭的精湛表現。

聖人本就對陰山之戰的卓家小女郎印象極好，見她任蒲州司法參軍以來屢破奇案，此番又助刑部破了驛馬案和張生案和飛牙衙案，越發擊節稱好！

於是在知裴行眞有舉薦、提調卓家小女郎入刑部的想法之時，聖人自然是十分樂觀其成。

……所以，若眼下朝中有誰欲藉拾娘的女子身分來說事，想以此挑撥離間、打擊異己，恐怕聖人頭一個就要翻臉！

劉尚書眼睛一亮，登時撫短鬚笑道：「好小子……跟你翁翁一樣，都是屬狐狸的呀。」

「翁翁知道尚書大人這般讚譽，必定歡喜之至。」

「可別，」劉尚書忙擺手，又端正起表情。「你家那翁翁是談笑間就把人坑進洞裡，還能叫人對他感佩萬分的……老夫還是避遠點好。」

裴行眞一笑，恭敬地拱手道：「如此，盧氏和霍小玉雙案，就有勞大人簽下指派文書了。」

「知道了。」劉尚書沒好氣地又端起茶碗來，不冷不熱地道：「拿到文書就速速回府去罷，本官年紀大了，明日還要早朝，可不比你們年輕人能熬。」

「喏。」裴行眞低笑領命。

他如何不知道尚書大人雖是明著嫌棄他耽誤自己歇覺，實則是趕他回府休息？

✦

案件棘手、時間緊湊，裴行眞顧慮到隔天一早安化門一開，他們就得急急趕路前往鄭縣，否則再耽擱下去，盧氏的屍首越發變化，恐怕到時候很多痕跡都會被腐壞……

所以霍小玉的死因要先釐清！

他帶著玄機玄符又來到了別院，卻遭到了慶伯氣呼呼的埋怨——

「看看眼下都什麼時辰了？郎君自己是男子皮糙肉厚，勞累些也不打緊，可人家卓娘子是個女郎，哪能跟郎君一樣爲了案子折騰奔波，連場覺都不好睡？」

「咳，慶伯，事發突然，」他連忙保證。「往後不會了。」

慶伯也只是仗著年歲大叨唸兩句，他知道自家郎君也不是個胡鬧的，若非緊急要務，也不會亥時了還手持魚符叫開坊門。

正在言談間，聽到動靜的拾娘和赤鳶已經快步而來，全副勁裝精神抖擻。

「有案子？」拾娘兩眼亮晶晶。

「……」慶伯看著這一幕，摸摸鼻子——得了，果然不是一家人不進一家門。

「是，」裴行眞目光歉然。「本該讓妳先好好休息一夜的。」

「沒事，以前上戰場的時候，幾日幾夜不睡都是尋常，算不了什麼。」她豪邁一笑。

慶伯在一旁看得連連欣慰歡喜地點頭——如此英姿颯爽的小女郎，他們家郎君這是撿到寶貝了。

裴行眞心一軟，溫柔地低頭注視著她。「天冷，妳身上披風可能禦寒？慶伯，我記得去年聖人賞了幾件銀灰色的狐裘——」

「老奴這就去取來！」慶伯眉開眼笑自告奮勇。

拾娘一頓。「慶伯不用了……」

可別看慶伯白髮蒼蒼，腿腳可靈活著呢，話聲甫落便一溜煙不見影了。

「裴大人，我不冷，真的無須勞師動眾。」她總覺得被裴家人這般殷勤照拂，有些受之有愧。「況且老人家年紀也不小——」

「慶伯要認真和玄機過起招來，恐怕玄機還不一定是他的對手。」他笑了起來。

「啥？」拾娘目瞪口呆。

「能在我翁翁身邊多年的，都是些臥虎藏龍的狠角色。」他煞有介事地嘆了口氣，揶揄道：「倒是我們小輩的，一代不如一代了。」

「……」玄機做了個牙疼的表情。

「……」玄符挪了挪動腿腳。

咳，雖然很不想承認，不過在前大漠巨寇慶伯面前，他倆確實只能稱得上是兩頭小狼崽。

慶伯被裴相收服前，可是統領上萬沙漠悍盜的頭狼……

不過打從跟了裴相後，他手上那支萬人悍盜也被編制入了大唐邊塞軍，立功無數，赫赫凶名威震邊疆，慶伯若哪日回了邊塞「探親」，那可是要被前後簇擁的老祖宗哪！

拾娘一臉疑惑，卻也沒能多問，只好在慈眉善目笑容滿面的慶伯把狐裘送過來之時，敬重誠懇地謝過了老人家。

「慶伯您辛苦了。」

「哎呀不辛苦不辛苦呵呵呵呵。」慶伯笑得老臉上的摺子都能夾死蒼蠅了。

玄符和玄機此刻腦中同時閃過了一個不爭氣的念頭……

當小娘子眞好。

……而後他們分頭行動，裴行眞和玄機去往勝業坊問訊淨持和鮑十一娘等人，拾娘和赤鳶玄符則漏夜起出了霍小玉的棺木。

儘管天寒地凍，四下曠野，依然掩蓋不住開棺那一剎那撲面而來的腐敗濁臭氣味。

拾娘早已用藥帕子蒙住口鼻，神情專注地驗起屍來，穿著特製的鹿皮手套靈活穿梭在容貌已然浮腫青白、透著大片屍斑的霍小玉全身上下。

尤其是頸項處……

一個半時辰後，他們先後回到了別院彙總相關線索。

「霍小玉確實死於自盡。」拾娘嚴肅道。「頸項勒吊出的傷痕足可證明。」

裴行眞點了點頭。「我也勘查過她的繡房，橫梁上留下的痕跡亦符合投繯跡象，且淨持和女婢都證實霍小玉久病纏身，經歷李益一事後早有輕生之念。」

「證據是對的，」拾娘皺眉道：「可……怎麼一切就這麼順理成章？好像是有人故意安排得明明白白的讓他們來查。」

「淨持和女婢一定隱瞞了什麼。」裴行眞沉吟，修長指尖輕輕在桌案上敲了敲。「但霍小玉是死於自殺，這一點倒是明確無疑。」

拾娘眨了眨眼。「裴大人，那現在呢？」

「不管幕後有什麼陰謀詭計，但盧氏命案必定是關鍵。」

拾娘精神一振。「對，此案一破，眞相終將水落石出。」

裴行貞看著忙碌奔波大半夜依然神采奕奕的她，嘴角不自覺揚起了笑容，眼神溫暖如煦日春風。

……是，只要妳我聯手，這天下就沒有我們破不了的案！

第六章

鄭縣　巳時中

寒風獵獵，裴行眞一行人策馬疾馳驗關入城，直到人聲鼎沸、絡繹不絕的大街上，這才勒停住了馬兒。

未有公務或持軍令，不得當街縱馬，他們身爲刑部官員，自然更不會違律行事、落人話柄。

一身胡服厚氅的拾娘英姿颯爽地躍馬而下，安撫地拍了拍馬兒紅棗的大腦袋。

赤鳶也牽著自己的馬兒，始終隨扈一旁。

爲了避免屍身許多痕跡隨著時日消失，他們清早便從長安城急急趕路而來，便是能早一刻驗屍也是好的。

「辛苦了，阿姊今晚再補你一把炒黑豆，嗯？」

紅棗興奮地蹦跳著前蹄，親親熱熱地挨著她蹭了蹭。

「紅棗，來禽果吃不吃？」身畔那高大矯健卻氣度雍容的身影也下馬而來，笑吟吟地自袖袋中變出了顆珍稀紅豔的來禽果，遞到了紅棗馬兒面前。

紅棗滾圓烏黑的馬眼直勾勾地盯著那顆來禽果，歡快又垂涎地噴著氣兒，卻沒忘回頭眼巴巴地看了拾娘一眼。

「謝謝裴大人。」她遲疑了一下，揉了揉紅棗的耳朵。

紅棗高高興興地頂了頂裴行眞，然後一口就咬住了那顆香甜多汁的來禽果嚼了起來。

一旁神駿的玄色大馬羨慕地看著紅棗，可憐兮兮地瞅著自家主人。

裴行眞被馬兒眼中的哀怨盯得有些心虛，不過他臨出門前只來得及隨手揣了顆來禽果，現下又哪來第二顆給自己的愛駒？

終究是隨侍在側的玄機忍不住偷偷摸了把糖，一一塞給沒有來禽果吃的幾匹馬兒，心中暗自嘀咕——大人哪，正所謂不患寡患不均，您爲了討好卓娘子，這差別待遇也太明顯了。

而且只怕連大人都沒發覺自己心都偏到腋窩去了呢！

「咳，」裴行真俊美臉龐掠過一抹不自在，隨即又復溫文沉靜地對拾娘笑道：「──先到鄭縣府衙的停屍班房？」

「嗯。」她面色嚴肅地點了點頭，猶豫了下。「大人，這案子當真由卑職主持？」

「是。」他鳳眸專注而溫柔。

「那，卑職順著證據追查，不會徇私的。」她認真地強調道。

「要的便是妳不循私。」他低低一笑。「拾娘，難道在妳眼中，我是那等偏私枉法之人嗎？」

「大人自然不是。」她道：「只是我初步看案卷，崔炎確實最爲可疑，種種證據也對他至爲不利……卑職明白他仗義任俠，令人敬佩，如果最後證實了他確是兇手，還望大人也心中有數，切莫太過難受才好。」

今早她領了刑部尚書發下的指派文書時，裴行眞就對她坦然相告，自己和崔十一郎有世交故舊情誼，所以此案不方便涉入太多，只能從旁輔助一二，以示公允。

拾娘辦案向來公正，也知依裴侍郎的性子，絕不會讓她偏幫包庇誰，但該說的話還是要說在先，她不想秉公處置到最後，自己在裴侍郎心中落下根刺兒……

等等，她幹啥在意起裴侍郎心中對她沒有刺兒？

拾娘一凜，忍不住心下莫名懊惱了起來，可下一瞬，忽然感覺到頭上被溫暖大手摸了摸，她愕然抬頭——

他故作自然地收回了手，只有耳尖尖隱隱透著點紅。「別擔心，我沒有那麼脆弱，嗯？」

她聽著他低沉如弦音的那聲「嗯」，心兒沒來由一顫，背脊酥了酥……

「阿嚏！」紅棗打了個大大的響鼻。

剎那間縈繞在他倆之間那一抹若有似無、隱隱約約的怦然纏綿未竟之意，全被紅棗那大煞風景的響鼻給噴沒了！

起而代之的只剩一絲絲赧然尷尬……

「咳！」拾娘趕緊拉緊了轠繩，故作爽利豪邁地嚷道：「走了走了，驗屍急如星火，別再耽擱了。」

裴行眞嘆了一口氣，隨即笑著搖搖頭，從容自若地負手跟了上去。

而打從剛才就遠遠躲到邊兒上當大街一景的玄機和玄符互覷了一眼，這才機靈識趣地牽著馬兒慢慢隨扈在後。

下回他倆得再更有眼色一點，若是看見大人和卓娘子湊近了說話，就得趕緊把紅棗也一併牽走，免得壞了大人和卓娘子雪月風花的好時光。

至於赤鳶……呃，他們惹不起惹不起。

赤鳶注意到玄機和玄符有點詭異的小眼神，卻面無表情懶得理會，依然如故地牽馬快速跟上她家阿妹。

拾娘走著走著，怦怦亂跳的心房總算淡定了下來，思忖著剛剛裴大人摸她頭的舉止……是上官對下屬表示關懷照顧的意思吧？

肯定是這樣沒錯。

昨日路上她不過只說了句「白嫖」，就把裴大人給嚇嗆得……往後自己說話行事還是要再嚴謹仔細些才好。

這裡是長安，不是直來直往的粗獷北地和蒲州，阿耶說長安人……尤其是官場上的，一句話裡都恨不能繞出十七、八個意思來，腦子跟不上的光聽著就能給繞暈了。

她也覺得有點暈。

所以就別自作聰明，自作主張跟自作多情了。

至於搶回去當阿郎啥啥的……更不能再提起啦！

拾娘低頭牽馬疾走，爲防自己又胡思亂想，忙把思緒精神貫注在案子上頭。

✦

鄭縣縣令宋文何親自領著他們來到了縣衙停屍班房內，恭恭敬敬又戰戰兢兢地對裴行真拱手道：「裴侍郎，下官無能，小小案子竟驚動了刑部……」

「與宋縣令無關，貴縣李主簿既是苦ㄜㄈ主，本案又由鄭縣府衙查辦的話，看在外人眼中難免有這樣那樣的疑慮。」裴行真微笑，語帶寬慰。「如今歸到刑部來，也可省卻諸多爭議。」

「多謝侍郎大人和卓參軍體查下官的爲難。」宋縣令鬆了口氣。

只要不是刑部對他這小縣令有所不滿便好，況且他也是在今日方知武侯緝拿的疑犯黃衫客，居然是那清河崔氏嫡房子弟，又是竇夫人親生愛子……這牽扯可大了呀！

死者又是中書省通事舍人盧大人的女兒，一個弄不好，上頭的人神仙打架，最先倒楣的可是他這微不足道的區區七品小官。

所以燙手山芋如今有刑部來接，他是當真感激涕零，恨不能替眼前的裴侍郎和卓參軍貢上長生牌位……咳，總之自己逃過一劫，甚好、甚好。

隆冬臘月，停屍班房內越發陰冷如冰，森森然的寒氣彷彿一根根針般直透膚鑽入人骨頭縫裡……

宋縣令打了個冷顫，可再抬頭一看這幾名長安來的大人們，卻面色如常，已經熟練地各自站定位置，守衛的守衛，準備驗屍的驗屍……

等等，居然那冷豔女郎卓參軍要親手驗屍嗎？

宋縣令目瞪口呆地看著她取出了只羊皮卷囊抖落開，上頭一一排列的是各種精巧卻滲人的奇特工具，有形式各異的小刀、鉤子、勺子……宋縣令胃袋突然劇烈翻騰了起來，臉色刷白。

他完全不敢想像，那勺子是挖什麼用的……嘔。

宋縣令猛然緊捂住嘴的動作太明顯了，拾娘挑眉。「宋縣令看不得驗屍過程，便先出去得好。」

宋縣令連稱不敢，卻瞥見高大俊美、神態優雅的裴侍郎對他微微一頷首，宋縣令登時吁了口氣，忙陪笑道：「如此……如此下官便不在此處礙手礙腳了，諸位大人請自便。」

「慢著。」拾娘突然喚住。

宋縣令一驚，趕緊又轉身哈腰，強裝笑臉。「卓、卓參軍還有什麼要吩咐下官的？」

「貴縣仵作當日的驗屍格可在？」

宋縣令點頭如搗蒜。「在在在，自然是在的。」

「還請宋縣令一併命人取來。」

「喏，喏。」

等宋縣令飛也似地離開了停屍班房後，裴行眞鳳眸溫柔地看著拾娘。「妳擔心當日仵作驗屍有誤？」

「卑職只是想前後兩相對照。」她隨即解釋道：「驗屍一道向來有『三驗定讞』之說，便是屍體在前中後期都有不同的屍斑和痕跡表現，有些是我等可以藉薰蒸、醋抹，甚至紅傘照日法，加速讓屍體上的傷痕提前浮現出來，但有些卻是需要時間驗證——」

「比如呢？」裴行眞聽得專注。

「比如死者體內若開始腐敗，或有蟲卵等寄生，仵作便可從蟲卵的型態，或者培養出蟲子的品種，查出死者是在何處被殺害或移屍，還有死了多久，例如蛾的幼蟲又分許多，或是青頭蒼蠅的蟲卵……」她面不改色地解說著，好似在學堂上乖乖回答先生提問的童子。

守在兩側的玄機和玄符聽得面容微微發白，下意識挪了挪腳……彷彿此刻腳下正有蟲子蠕動往上爬，雞皮疙瘩都快冒出來了。

……卓娘子眞不愧是卓娘子，就是膽兒大！

赤鳶則是冷淡地瞥了他倆一眼——嘖，這才哪兒到哪兒？

往年阿妹在戰場上驗的屍可多了，什麼奇形怪狀的都有……

裴行眞是名門巨閥貴家公子出身，自幼是在淵博的書香和名貴的薰香中陶冶長大的，哪裡聽過這麼……直白的庶民鄉野見聞？

他腦中的想像，不由自主隨著拾娘的描述越發真實起來，最後再也忍不住手握成拳抵在唇邊，低低地輕咳了一聲。「……嗯，明白了。」

拾娘這才注意到他的異狀，眨眨眼。「裴大人怕蟲子？」

他又無奈又好笑的鳳眸對上一臉無辜疑惑的她。「對，我怕蟲，倒教拾娘見笑了。」

「對不起啊，那我下次不說了。」她有點愧疚，老實地道：「也沒什麼可見笑的，每個人都有怕的東西，這很尋常的。」

「那拾娘妳呢？」

「我？」

「拾娘可怕過什麼？」他目光柔和。

她想了想，抖了一下。「我怕餓。」

現場靜默了好幾瞬……

玄機和玄符低下頭去，肩頭可疑地聳動了起來。

赤鳶卻是銳利目光一掃，玄機和玄符連忙站直了身子。

裴行眞鳳眸笑意瀲灩蕩漾滿滿，看著嬌憨魯直的拾娘，越看心裡越發喜歡。「眞巧，我也是。」

「是嗎？我就說嘛，人生在世，吃穿二字，這奔波來去爲的不就是掙一口飽飯嗎？」她聞言立時眉開眼笑，好半晌才努力吞下歡快的心情，忙恢復肅穆端凝，深吸了一口氣。「——大人，我們可以開始準備驗屍了。」

裴行眞面色肅然，眼神依然溫和。「有勞。」

拾娘依然給了他們四人各一枚摻了三神散的蘇合香丸含在舌下，以避邪除穢祛屍毒，並習慣地在角落銅盆上燃起了細辛和甘松。

最後她走近石床上的屍體旁，小心仔細地拉開了覆蓋在死者盧氏屍身上的白絹。

因著天氣寒冷，盧氏屍身保持得還可以，面色青白些微浮腫，眼呈半開合狀，最明顯的，便屬是左邊太陽穴那處慘不忍睹已然發黑的彈丸撞擊碎裂傷口。

「……死者盧氏，屍斑集中在身體的右半部，可見當時彈丸去勢又快又重又急，似是瞬間就打穿了她的太陽穴和周圍頭骨，隱約有碎骨還殘留在上頭，身子遭猛力往右側帶，跌墜在地，故此呈僵臥姿勢良久，直到血液積澱出了屍斑。」她邊驗邊陳述。

裴行眞則是默契十足地親手幫著書寫驗屍格。

拾娘小心輕柔地執起死者的纖纖指尖，用一團薄絮仔細地一點點沾掏只漂亮指甲縫……

沒有任何皮屑和血肉或衣帛勾下的絲線，足可證明盧氏並未與兇手撕打或掙扎過。

盧氏面容姣好，顴骨稍高，肌膚賽雪，看得出曾經是個被養護得嬌貴的女郎，可身上卻有極不符合其身分會出現的，點狀和片狀的瘀青泛黃累疊，都是生前所受的傷痕導致。

尤其是背部一處，有大片曾經瘀血過的痕跡……

拾娘驀然想起了來前裴侍郎同自己說過的，李益曾用琴毆打過盧氏，忍不住忿忿咬了咬下唇。「真他娘的混帳！」

「嗯？」

「盧氏背部、右手臂和頸項間都有瘀傷，或深或淺。」她沉聲道：「李益應該不只一次打過妻子。」

裴行真聞言臉色也難看起來。

於他而言，會打女人的男子與畜生無異，哪怕盛怒之下推搪已是失了男兒磊落氣度，更何況事後還幾番動手。

拾娘檢查完盧氏軀幹四肢後，英氣眉毛皺了皺。「這些傷痕皆傷在皮肉，卻沒有損及骨頭和臟腑，所以致命傷應當還是在太陽穴這一處，但是……」

裴行真凝視著她。「有什麼不對嗎？」

「太陽穴這彈丸擊碎的傷口，有點古怪。」她彎下腰，越發湊近了細細端詳。

「怎麼說？」

「傷口雖然是彈丸重創而出的無誤，但是乾涸發黑的血漬和傷口肌理似乎有點……」她忙從羊皮卷中取來一只小巧的鑷子，又拿出團新的薄絮，在上頭倒了些刺鼻的酒水，鑷子夾著那薄絮小心翼翼地把太陽穴周圍黑色血漬摻雜白色腦漿清理乾淨。

玄機和玄符雖然隔得遠了些，看著她手中鑷子那團薄絮上黑黑白白的物事，胃裡也有些翻騰，吞了吞隱隱酸苦的口水。

裴行眞目光銳利盯著她的每一分動作。

拾娘看清楚了太陽穴那黑壓壓可怖的小洞後，嗓音低沉地道：「——盧氏眞正死因應該不是受彈丸重擊的緣故。」

裴行眞瞇起眼。「妳的意思是，此爲死後傷？」

「嗯，」她心情沉重地道：「人的肌理是有疼痛記憶的，死前傷口肌肉會呈緊縮而血肉模糊，然人死後氣血運行停滯，縱然是擊穿傷，肌理周圍則是較爲平整。」

裴行眞一怔，近身過去彎腰仔細端詳那處創口，隨即抬頭敬佩地看著她。「拾娘多年沙場征戰，果然見識非凡。」

她搖搖頭。「不過是看得多罷了。」

「那麼，」裴行眞一頓。「便可證明崔炎並非兇手了？」

她猶豫了一下，保守地道：「但這也不能證明崔炎不是擊出彈丸和殺害盧氏的人，如果他確實出手，那也是毀損屍首，當鞭二十，徙三年。」

「拾娘不用顧忌，我也並非爲他辯駁，依然是證據查到哪兒便辦到哪兒。」他低沉有力地道。

「嗯，事到如今，既然太陽穴非致命傷，也許最後還是得走到剖驗這一步，方能找出眞正的死因。」

裴行眞面色有些凝重。「盧通事舍人早有言在先，身爲家屬，他不允許女兒屍身遭剖驗，落得死無全屍，也驚擾陰靈難安。」

拾娘眉頭皺得更緊了。「但是剖驗能得到更多線索，也能排除掉不必要的因素干擾。」

裴行眞輕嘆。「妳我皆知此事至關重要，但無論是依唐律還是人之情理，盧通事舍人所堅持亦有他的道理，非我等能強硬行事。」

畢竟這是單純的命案，除非是涉及——謀反、大逆、謀叛、惡逆、不道、大不敬、不孝、不睦、不義、內亂——此十惡不赦者，方能奏稟聖人，強行無視其家屬意向而施行剖驗。

拾娘也有點鬱悶，但她也能理解盧氏家人的心情。

「既然從盧氏屍首皮相上尚且難辨死因，我們便到命案現場走一遭，」裴行眞安慰她道：「還有相關證人等線索可追查，妳暫且莫氣餒。」

拾娘不太甘心，她又回頭看了盧氏屍身一眼。「大人再等我一下。」

「好。」

只見拾娘接下來細細地伸手探入盧氏冰冷黏溼的長髮中，指尖沿著頭顱一點一點地摩挲檢查……

「妳是懷疑鐵釘入腦？」裴行眞心念一動。

「大人也知道這個？」拾娘怔了怔。

「兩年前，刑部複查過一樁長安胡商命案，該名胡商酒後暴斃，仵作驗查全身都沒有任何傷處，懷疑是飲酒過度傷及臟腑或腦卒中而亡，後來終究從其寵姬口中查問出，胡商是酒後被寵妾連同情夫以十寸長釘釘入腦門而死。」

拾娘挑眉，好奇地問道：「那名犯案寵姬如何願意自陳罪狀？」

「我觀她神情雖帶濃濃悲色，眉宇間卻隱約有一抹興奮緊張，啼哭之時乾嚎卻少見眼淚，自然懷疑上了她，便請胡商大婦假稱要將府中姬妾全部送到尼姑庵剃度出家，爲胡商祈福。」他語氣溫和地道：「——那名寵姬生怕自己從此斷了出路，當夜就命心腹小廝送了信給外頭的情夫，密謀出逃一事。」

「大人想必早已派人暗中盯著，一抓便中了？」她笑了起來，難掩欽服之情。

在經歷蒲州驛站命案和張生案後，拾娘就十分敬佩裴侍郎察言觀色、洞觀燭火的本領，原來這世上眞的有人可以光靠眉眼神色舉止，就能窺破對方內心所思所想所謀。

「案件本身不複雜，不過是寵姬和其情夫手段狠辣毒絕，令人髮指。」他謙虛地道。

拾娘收回了手，神情透著一絲悲憫，平緩輕柔地替盧氏理順了順被弄亂的長髮……

而後她抬頭直視裴行眞，不無氣餒地道：「如果能剖驗……即便是只開顱，卑職也能確認盧氏太陽穴那處傷口在彈丸擊穿前，是否還有過其他利器刺入過的痕跡，如此就能更加確認死因，循線找到眞正的凶器。」

裴行眞強忍住爲她揉開那緊蹙眉心的衝動。「不妨事，我們定然會找出其他線索破案。」

她也立時提振起了精神，點了點頭。

✦

李益當初攜妻到鄭縣上任，便找了縣衙南面大街開花巷一處兩進宅院租賃住下。

主簿的俸祿雖不高，可明裡暗裡各方的孝敬也不少，是以他自到任以來，也漸漸有了官家老爺的氣派。

尤其洛陽的李氏族老們看中他如今主簿的身分，岳父又是堂堂通事舍人，那可是時常能在聖人面前露臉的大人物，所以便湊足了二十金的程儀給他，充作路費和安置花銷之用。

再加上盧氏可觀的嫁妝，他們在鄭縣站穩了腳跟以後，也確實是夫妻恩愛鶼鰈情深。

除了當初為籌措聘金所欠下的外債，猶懸在頭頂之上待一一償還外，李益的日子可說過得既清貴又逍遙。

他本是知名才子，擅吟詩作對，鼓瑟吹簫，盧氏更出身錦繡，撫得一手雅妙絕倫的好琴，兼又花容月貌，兩夫妻正是新婚燕爾，在外人眼中宛若一對天造地設的璧人。

……只是盧氏畢竟被嬌養出來的，高門貴女難免傲些，偶而夫妻吵嘴兩句，她也會仗著娘家阿耶勢大，每每都強壓了李益一頭。

李益初始性情綿軟儒弱，盧氏又是李家好不容易求娶而來的貴女，所以處處捧著妻子，可當他在主簿之位上越發如魚得水，就連岳父盧誌都對他器重有加，李益在家中的地位便漸漸有了不可輕忽的重量。

他在盧氏面前開始一點一滴地展現出身爲夫君的霸氣，若盧氏又任性驕氣起來，他雖不會出言喝斥，卻也敢冷著臉拂袖而去。

盧氏也曾回娘家哭訴過，得到的卻是阿耶的訓誡和阿娘的規勸，久而久之，李氏夫婦關係便起了十分微妙的轉變……

冰凍三尺非一日之寒，諸事種種堆疊累加之後，崔十一郎的挑撥之舉，便徹底激發了李益的躁狂和對盧氏的不滿——

其實早在當日之前，李益早就不只一次對盧氏動過手，只不過都是爭吵間的推搪扭打，過後也會低聲下氣買來昂貴首飾香粉向她賠罪，對她越發好上幾分。但未曾如同那天那樣，掄起琴便往她身上砸，抬腳將她往死裡踹……

盧氏真的被這樣猙獰可怕如惡鬼的丈夫嚇住了！

尤其那天事後，李益疑心病也更加嚴重，隔日一早要出門去長安拜壽前，又突如其來地狠狠掐住她脖子，質問她姦夫是誰？

盧氏淚流滿面渾身抖篩，身子上一次又一次的痛甚至遠遠比不上心裡的驚懼……

李益卻警告她，若她回盧家告狀，自己就將那日姦夫拋來的春藥和同心結等物一併送到盧家，看看最重清譽的盧家是如何懲治不貞的出嫁女。

世家名門多的是玷污了家族名聲的女郎，被三尺白綾絞死抑或沉塘了事的……

可若她往後乖乖地謹守婦道本分，看在兩家表親姻親的情誼上，他還能讓她繼續安穩地做這主簿夫人，時日久了，夫妻修好也不是沒有可能。

李益覺得自己對紅杏出牆的妻子已經是足夠好了，可誰想到……

「賤人。」一身齊衰粗麻服的李益趺坐在正院矮案前，門窗緊閉，手中緊緊握著一卷輕薄名貴的烏絲瀾綢，想起盧氏依然滿面厭惡憤恨，可當目光在落到那烏絲瀾綢時，又不自禁地一軟，眸底流露出絲絲悵惘的哀傷和隱晦難言的狂熱之色。

只怨他當初太懦弱，不敢在母親面前拚求一把……

小玉的賤籍自然是不足爲妻的，可抬做妾室常伴左右溫存，那也屬天經地義，這世道哪個郎君屋裡沒有個三妻四妾，通房女婢的？

可阿娘卻怕盧氏不高興，甚至不惜爲了盧氏，幾次高聲責罵他這個兒子。

他也已經憋忍得夠久、夠久了。

李益雙眸忽然又血絲遍布，面孔妖異扭曲猙獰起來，一下子咬牙切齒痛咒盧氏欺人太甚，一下子又將烏絲瀾綢捂在胸口又哭又笑……

「小玉……小玉……果然妳待我才是最眞心，妳雖然恨我入骨，卻也愛我入骨……到這地步，妳終究還是念著我，我知道妳後面讓浣紗來……也定然不是妳自己的主意……」

主院門外的李府管家心慌意亂地攢緊著雙手，惴惴難安，聽著屋裡頭郎君彷彿魔怔了般自言自語又哭又笑，不禁嚇得膝蓋都軟了。

「天老爺，這可怎麼是好？」李府管家面色青白交加，哆嗦著喃喃自語。「郎君也不知是不是撞客或是沾了邪祟，打從一個月前就跟換了個人似的，變得多疑暴怒，偏偏大娘子又不幸遭人毒手……眼下喪禮事宜也該張羅起來，治喪帖子也該發出去，可郎君卻恁事不管，等過幾日盧家的人來了，郎君可怎麼交代呀？」

就在此時，家童秋鴻氣喘吁吁地奔了近來——

「管家，外頭、外頭有刑部的大人來了……說、說要見郎君，還有咱們李府上下所有人。」

李府管家大驚失色。「刑部？怎麼會是刑部來人？大娘子的案子不是歸縣衙審理嗎？而且疑兇就是那黃衫客，難道縣尊大人沒去長安拿人？」

秋鴻惶惶然。「奴，奴不知啊……」

「一邊去。」李府管家煩躁地甩袖子，正要趕往前頭。

忽地聽見身後房門呀地一聲開了，李益神色平靜地走了出來，眉眼間癲狂盡褪，又是端方自持的一縣主簿風範。

「郎、郎君？」李府管家吞了吞口水。

「既有客來，還不快將貴客領至正堂好生接待？」李益淡然道。

「喏，喏。」李府管家不敢再多瞟自家行止正常得詭異的郎君，忙暗暗擦著冷汗去了。

「秋鴻，讓你辦的事如何了？」李益看向心腹家童。

秋鴻也一掃方才唯唯諾諾，機警地道：「回郎君，都妥當了。」

「沒有落下什麼尾巴吧？」李益目光有一絲冷戾。

「郎君放心，奴用性命擔保。」秋鴻一顫，忙立誓道。

「去吧。」

「喏。」秋鴻輕手輕腳地退下。

——半盞茶後，裴行眞和拾娘便見著了「傳聞中」的這位李益李主簿。

果然頎長挺拔、風姿俊逸，既有才子的書卷味，還增添了幾分在官場上作養出來的氣勢。

無怪乎能先後叫霍小玉和盧氏爲他傾心，又終雙雙落得香消玉殞，均沒了好下場。

然而對於拾娘來說，她向來不喜這樣裝腔作勢的小白臉。

尤其在知道了這傢伙不是什麼好貨後，覺得眼前這身著喪服越發見俏的李益李郎君，怎麼瞧都不順眼。

只是她心知辦案之人最忌先入爲主，定了定神後，也本能信任倚仗地望向身側的裴侍郎，等他先開口問案。

「本官刑部左侍郎裴行眞，這位是刑部劉尙書借調而來，協助辦案的蒲州司法參軍卓娘子。」裴行眞微微一笑介紹道，形容舉止間自然而然流露出的那一抹雍容風華，瞬間就對照出了李益的表象莊重、內裡輕浮。

李益鼻翼劇烈地張了張，而後垂下目光，恭謹謙沖地對著他們二人行了一禮。

「下官鄭縣主簿李益，見過二位大人。」

裴行眞沒有出聲免禮，略躬身的李益只得暗暗咬牙，當眞將這個拱手揖禮做到了底。

這一刹，裴行眞注意到了李益揖禮時緊綳的肩頸，圈握住拇指的執手禮隱隱掐緊得泛白……

此人看似溫順卑弱，實則心高氣傲，對於旁人的言行有異常敏感的情緒反應。

官場之上無論政見再不合，私底下如何鬥得你死我活，名面上都是一團和氣。

高位者時常爲顯示自身有海納百川之德，對於下位官員的見禮，也只會在其行了一半兒之際便笑稱請起，鮮少眞正讓官吏們實打實地躬背揖禮。

自己今日特意甫打照面就給一個「下馬威」，便是想打李益一個措手不及，看看這位李主簿電光火石間最眞實的那一霎反應……

他果然，看見了他想看到的。

「李主簿，我二人是爲盧氏命案而來。」他嗓音低沉，語氣中透著濃濃的上位者矜貴氣息。

拾娘見狀則有些疑惑，覺著今日的裴侍郎怎麼格外官威凜凜，和平時的淡定風雅不是一個味兒？

李益行完禮後起身，面露期盼之色。「多謝裴侍郎和卓參軍爲我妻作主，只要能早日將那殺人兇手捉拿歸案，以告慰我妻子在天之靈，要下官做什麼都願意。」

「李主簿當日報官，稱黃衫客崔炎是殺妻疑犯，而會令你做此指控，可是出自於遺留在現場的那枚染血金彈丸？」裴行眞濃眉微挑。

李益神色隱隱戒備。「下官那日的證詞都錄在縣衙卷宗裡了，裴侍郎想必也閱覽過卷宗，難道對下官的證詞內容有什麼懷疑嗎？」

「查案所需，該問還是要問的。」裴行眞修長指尖輕輕在胡座扶手上敲了敲，似思忖狀。「李主簿怎麼確定那枚金彈丸出自崔炎之手？」

李益苦澀道：「下官會認得，是因爲當初崔十一郎爲了替小玉教訓我，捆了我扔進勝業坊，當時我驚惶失措要跑，他便手持彈弓，對我膝蓋處重重一擊，那枚金彈丸，我至今還留著……兩相比照，一下子就看出了金彈丸上刻下的火焰，完全一模一樣。」

「李主簿又是怎麼知道，崔炎那幾日前後曾匆匆來去鄭縣過？」裴行眞挑眉。

李益坦白道：「下官本來不知，是書僮秋鴻偶然看見了，怕崔十一郎又對下官不利，所以趕忙回來稟報，我便拜託了縣城門的守門士兵幫忙留意崔十一郎……不怕裴大人笑話，崔十一郎乃高門子弟，下官惹不起，躲還是躲得了的。」

裴行眞注視李益坦然舒展的神情，當下，李益這番言詞確實沒有撒謊。

由此可知，縣城門那裡的士兵必定也還記著這件事，李益也一定是吩咐過了。

拾娘皺眉。「我並未要爲疑犯崔十一郎辯解，只是好奇，難道坊間就無人能仿造出相同的金彈丸嗎？刻痕也是能假造的。」

李益嘆了口氣。「下官當日悲痛之餘，在撿到金彈丸後也有過這個想法，換作我是兇手，又怎麼會光明正大地用能證明身分的金彈丸殺人？」

裴行眞沉默了一瞬，讚許笑道：「李主簿果然邏輯縝密，不愧上任鄭縣以來，屢獲宋縣令褒揚嘉獎。」

「大人謬讚了，下官也只是憑著本心做事罷了。」李益謙遜連連，嘆息道：「那兩枚金彈丸我也呈上縣衙做物證，縣令大人特地請工匠檢查過，兩枚金彈丸論質地和刻痕手法如出一轍，是長安一家百年老舖鎏金號獨有的工法，外人難仿造，而鎏金號打造的此款金彈丸，也只供崔十一郎之用。」

這些都是能查證核實的，李益目光神情更加坦坦蕩蕩。

拾娘和裴行眞互相交換了一個眼神，心知金彈丸恐怕當眞是出自崔十一郎，這點無庸置疑。

但崔十一郎的金彈丸會出現在命案現場，並不等同於動手行兇的就是崔十一郎，依然需要足夠的證據來佐證或是釋疑。

更重要的是，他們需要找到那一個眞正致盧氏於死地的凶器才行！

「李主簿，可否領我們前去看看尊夫人命案現場所在處？」裴行眞開口問。

「自然可以，大人們請跟我來。」李益點頭，忙起身率先引路。

而這一瞬，裴行眞卻注意到李益步伐行進間，手部卻下意識緊貼腿部，手指微微豎起……

自己在刑部審核察實案子時，曾看過無數疑犯、兇手、主謀者各種或眞或假流露表象的舉止動作和細微表情，時日久了，便漸漸能從中洞察出最幽微隱晦的涵義。

李益方才侃侃而談，態度表現得很積極配合，但此刻不經意做出的手部動作卻傳達出一個訊息——

他在不安。

第七章

盧氏案發地點在李府宅邸後院的一處暖閣中。

暖閣後頭是一座假山，緊挨著假山的便是臨街的高牆，這座暖閣造得精巧，綠瓦白牆雕花窗，推開前頭的窗櫺可見一個小小的荷花塘，只不過眼下天氣寒冷，僅剩枯枝七零八落，寂寥地露在隱隱冰封的塘面上。

暖閣內布置風雅，最顯眼的就是一張紫檀木雕刻流雲和魚戲水的榻，中間擱著只几子，輕巧的牡丹插屏擱在几子後方，旁有小小香爐，儘管已然未曾燃香，依然可以嗅聞到長年沁潤在室中的淡淡香氣。

然而一旁琴架上卻是空空蕩蕩……

「此處暖閣平常尊夫人都做何之用？」裴行眞淡淡地問。

「回裴大人，這暖閣是我娘子撫琴調香時最愛待的地方，」李益眉間輕愁，慚愧道：「下官俸祿不多，家底又薄，娘子下嫁予我是委屈她了，本想著再在任上兩年，或許能另外搬到大些的宅邸院子，讓她也住得寬鬆舒坦些，可誰知天有不測風雲……」

「原來如此，只是怎地不見琴？」

李益嘆了口氣道：「下官前些時日公務煩心，和我妻子吵嘴了兩句，說來慚愧，夫妻爭執下連琴都給砸了，那是我妻子陪嫁的晉代古琴，價值不菲，我還想著定要尋來一架好琴向她賠禮……」

見李益面露悲色，裴行真溫和道：「李主簿節哀。」

「讓大人見笑了。」李益黯然神傷，還是強自打起精神的樣子。

拾娘在一邊看得好不彆扭，眼底隱隱透著冷意。

若非她稍早前驗看盧氏屍體時，發現上頭或新或舊顯然被毆打出來的瘀傷，否則恐怕也要誤以爲眼前這男人是個愛妻情深的好丈夫了。

光憑李益這一刻的虛僞，就值得將他列爲嫌疑犯之一。

「當日發現時，尊夫人的屍體倒臥於何處？」裴行眞問。

李益眼神悲痛，顫抖地指著榻下石榴紋腳踏前方那一處青石地……

——只見那一片兒倒比其餘角落青石地更顯幾分乾淨透亮。

「地面血跡經過洗刷了？」裴行眞四下勘查了後，望向李益，意味深長。「案子未水落石出前，命案現場輕易不得清理及毀損，李主簿在縣衙當差這許久，怎會忽略了這一點？」

李益自責道：「下官有錯。只是這處暖閣是我妻最喜歡的撫琴調香之處，她又生性好潔，往常若有女婢不小心茶水濺到了地上，她都要大發脾氣，命女婢立刻擦拭得一塵不染……」

「你就是破壞現場了。」拾娘直接打斷他的深情緬懷之詞。「不只那一處青石地，連榻上的雕痕也有水擦洗過的跡象。」

李益面色猙獰扭曲了一瞬，快得令人疑心自己看花了眼，只是出自於幻覺。

「——下官不過是一時好心辦壞了事，也認錯願領罰，還請卓參軍體諒我痛失愛妻，神思恍惚惶惶，行事不能周全。」李益隨即哀傷道。

「公歸公，私歸私，李主簿其情可憫，但破壞案發現場亦是事實。」裴行眞語氣平和道。

李益露出一抹悽惶。「大人盡管責罰下官便是。」

拾娘冷眼旁觀，看出了這李益雖口口聲聲請裴大人降罰，卻是拿著自己未亡人的受害姿態，用道德逼迫著大人表態。

若刑部當眞爲此將他怎麼了，少不得他還能用哀兵政策，發動輿論讓鄭縣父老爲他抱不平，處處使絆子，進而左右他們的辦案進度和方向。

當年拾娘甫從戰場上退役下來，進蒲州刺史府衙後，就曾挨了類似這樣的悶棍。這些地方小吏雖然看著不顯眼，卻老練狡猾如油，冷不釘地一下就能坑得人一口老血都要嘔出來。

這一瞬，拾娘不免有些爲裴行眞憂心起來，她抬眼望著他，就想開口爲其解圍——

「李主簿縱然一時因情理而觸犯唐律，其罪當罰，然其情可憫，本官心下著實不忍。看在李主簿因痛失愛妻故而舉措失當的份上，法外容情一次也不是不可……」裴行真被爲難住了，面露猶豫。

李益提著衣袖在臉上做出暗暗拭淚狀，神情越發惶惶可憐。「大人這麼說便折煞下官了，下官雖然只是鄭縣一小吏，也知遵守法紀，有功當獎，有過當罰的道理。」

拾娘美眸敏銳地盯著李益不放，卻清楚看見李益面上一閃而逝的得逞愉快，火頓時冒上來了，衝動地就想開口噴他。

——什麼裝腔作勢的狗東西，仗著委屈就想拿住裴大人?!

可拾娘身子一動，裴行真高大挺拔身形恰好巧妙地微微上前半步，擋在了她面前，注視著李益的眼神沉靜溫和卻深不可測，嘴角略勾了勾——

「……李主簿身在公門，竟不惜自認罪咎也要領受罰則，維護王法尊嚴，實乃我輩楷模也。」裴行真話鋒一轉，讚許道：「裴某敬服，又怎忍心壞你一意堅守的原則和正義？」

李益呆了一呆，有些反應不及。「大人……」

「若我大唐所有官吏都能如李主簿這樣大公無私，願以身捍衛唐律，那何愁天下不能吏治清平？」裴行眞滿眼敬佩，深感讚許地拍了拍他的肩頭。

李益莫名心下惴惴。

「李主簿，你放心，本官無論如何一定要成全你的。來人，記下李主簿今日認下毀壞命案現場之過，按唐律當笞四十，或贖銅四斤，立時上報刑部載明，以待擇期施行。」

「喏！」玄機眼色奇快，立刻公事公辦地嚴肅應下。

李益僵住了……

拾娘美眸卻是瞬間亮晶晶，興奮不已。

——哎呀自己方才果然是關心則亂，早該知道以裴大人的機敏狡詐，不會那麼輕易就遭小人設計了去的。

裴行眞神情眞摯而鎭定，對李益道。「刑罰不可弛於國，笞捶不得廢於家，李主簿深明大義，想必宋縣令也是極感欣慰的。」

李益英俊臉龐先是白裡透青，後來死死慼怒得漲紅了起來。

拾娘很努力抿唇保持面無表情，免得一時忍不住笑出聲。

跟狡詐如狐的裴大人比心機，那不是關公門前耍大刀嗎？

「李主簿，我們可以繼續了嗎？」偏偏裴行眞語氣溫文儒雅如故，好似剛剛陰了他一把的不是自己。

李益氣得胸口陣陣抽疼，藏在袖中的拳頭緊緊攢握，竭力克制壓抑下憤恨暴戾之色。「……大人，請。」

裴行眞凝視著他，彷彿忽然才想起。「本官忘了，此處乃尊夫人命喪之地，李主簿在這裡定然是觸景傷情，心如刀割……於情於理於法，李主簿都不適合再在此處逗留，你還是先到外頭等上一等，待本官和卓參軍勘驗過後，再出去與你會合便是。」

李益胸口劇烈起伏，還得做出感激涕零狀。「謝裴大人體諒，下官這就先行……迴避了。」

見李益依然拱手做禮才退出暖閣外，但明顯步履間有了一分肉眼可察的僵硬。

裴行眞和拾娘默契十足地目送他身影消失在門後，而後對視一眼，不約而同眉眼間流露出了笑意來。

「大人方才……眞是大快人心。」拾娘壓低嗓音，卻抑不住眉飛色舞。

他嘴角微揚，忍住摸摸她小腦袋的衝動。「拾娘在驗完盧氏曾受暴行的屍首後，對著李益還能不動聲色，不打草驚蛇，極好。」

拾娘卻被他誇得有些愧疚心虛。「卑職還是衝動了，口氣太沖，讓李益有了防備之心。」

「若妳我對於被打理得乾乾淨淨的命案現場無動於衷，絲毫不提出質疑，才叫違和，反而會讓李益生出猜忌。」他微笑。「我們按照常理懷疑他，若他當眞有問題，必會迫不急待將心中演練好的對應之道一一付諸行動，有時打草，方能驚蛇，也才捉得到那潛伏在暗處的蛇。」

拾娘佩服地仰望著他，阿耶說得對，朝廷上這些文官們可會玩心機了，咱們這些武將粗人百來個綑成一紮還不夠人一根手指頭算計的。

不過幹活的工作，她能行！

「裴大人，動腦子的事兒就交給你了，至於我嘛……」她掄起袖子，摩拳擦掌。「就不信李益能把暖閣內外刮地三尺，毀去所有證據，但凡有一星半點的蛛絲馬跡，卑職摳也要把它摳出來辨個仔仔細細！」

裴行眞眼底笑意更深。「有勞拾娘了。」

拾娘仰頭對他咧嘴一笑，而後沉澱了思緒，開始專心一志地細細搜尋起暖閣的每一處來。

✦

死者盧氏太陽穴遭金彈丸擊中，就算是死後才受的傷，也要先查明那彈丸是從何處射擊而來。

她目光先看向四周的窗櫺，詳細檢查過後，發現並沒有任何一扇窗有破損的跡象。

若說有人埋伏在外面的高處，而恰逢窗戶是打開的，盧氏又正坐在榻上那便於下手之處，兇手趁著這一空檔用彈弓射向盧氏……

但盧氏當時已經是死亡狀態，她若非被什麼東西固定住了身子維持坐姿，就是當時她本就是側身倒臥在地死去，兇手再手持彈弓在她屍體身邊，居高臨下穩穩擊中她的太陽穴，製造彈弓殺人的假象。

那爲什麼榻上又此地無銀三百兩地有過擦洗之痕？

也許是因爲上頭沾了用拂塵、乾布擦之不淨的液體……例如血漬，留在其上，否則一般奴僕是絕對不敢用水來擦洗這嬌貴的紫檀木。

拾娘站在榻旁，又望向窗口，接著是腳踏……然後是那片據說屍體倒臥的青石地，在腦中模擬著盧氏是怎麼遇害。

拾娘瞇起雙眼，開始在榻上和腳踏與青石地上仔仔細細地尋找著任何可疑的蛛絲馬跡。

裴行眞也不欲打擾她的思維，而是靜靜地負手來到那空著的琴架上，眸光銳利地注意到了琴架木頭角上的漆有被刮花的痕跡。

……可以想見到當時李益定然是在暴怒狀態下抓起的琴，砸向盧氏，力氣之大，怒火之盛，連會劃傷珍貴紫檀所製的琴架都顧不得了。

暖閣內的掛畫繪的都是些名家之作的花鳥牡丹，榻上牡丹插屏以楠木鑲成，除了榻間正中央坐處是光滑平整的長條檀木外，榻的寬四邊還鑲嵌著各色突出的蒔繪螺鈿。

……處處可見綺麗富貴氣息撲面而來。

想來這架價值千金的檀木螺鈿榻也是盧氏的嫁妝之一……

他完全沒有在這裡看見任何一樣明顯是男子所用的器物。

盧氏出身高門，紅妝十里，暖閣上下布置所用的，可以想見都是出自她自己的陪嫁。

李益心高氣傲且才華驕人，當初爲了湊足給盧氏下聘的百萬錢聘禮，把親戚朋友都給借了個遍，到鄭縣後縱使有俸祿有底下人的孝敬，但這些外賬終還是要還的……

裴行眞從這些擺設中，不難想像自命不凡的李益在逐漸擁有了點權勢後，日日下衙回到這個充滿了妻子強勢和存在感的家時，心情肯定不那麼舒坦痛快。

可，難道這能成爲李益殺人的動機嗎？

他深思著，始終覺得當中猶缺少了許多重要的環節，如此無論如何推演，都是邏輯不通。

盧氏在自己家中被殺害，定然不是外賊強盜入侵，否則暖閣內擺設的金玉器物就不會完好無缺，早就被席捲一空了。

亦不像是奴僕殺人，還是那句話，缺乏動機……他來前就讓玄符查過了鄭縣李府上下，除了管家是洛陽李府給的之外，也就只有書童秋鴻是李益的人，其餘都是盧氏的陪房女婢和馬夫、廚子。

這些人的身契全在盧氏手上，奴告主或是奴害主，非絞刑便是剮刑、斬刑，若沒有什麼不惜性命也要報復的大仇，天下間是沒有奴僕願甘冒此大不韙而動手謀害主子的。

裴行眞心情有些沉重。

若照案情推演，未有新的人證物證浮現，那麼十一郎始終嫌疑最大。

「拾娘，這裡就交給妳了，我先去訊問李府其他人，尤其是盧氏貼身服侍的女婢們。」他心念一動，對專注搜查的拾娘柔聲道。

「喏。」

裴行眞也不打擾她，在輕步踏出暖閣門前，不忘低低對玄機吩咐道——

「你守在這裡，護好她。」

赤鳶冷冷地看向裴行眞。「裴大人，阿妹有我。」

裴行眞笑了，誠懇地道：「我知道，但總該有人給妳們二人打打下手，玄機堪用。」

「大人放心。」玄機幽黑透著一點藍的異域眸子眨了眨，識趣地清清喉嚨道：「有屬下在此，誰都別想動卓娘子和赤鳶娘子一根寒毛。」

先不提殺傷力驚人的赤鳶娘子了，便光論卓娘子當年既能在陰山之戰掙得軍功，可見她也不是吃素的。

說句不敬的，若是兩人此刻抽刀相向打一場，暗衛出身的他對上在戰場拚殺出來的卓娘子，最後誰會贏……只怕還挺懸呢！

但就沖著卓娘子她可是大人相中……咳，看重的人，自己這做下屬的無論如何都該爲主分憂解勞才對。

這年頭做下屬的除了一顆忠心外，最重要的是要有什麼？

眼色！千萬要懂得看眼色啊……

裴行眞警告地瞥了他一眼，低聲道：「別在卓娘子面前胡謅什麼。」

玄機點頭如搗蒜，非常心領神會。「大人只管安心，屬下不多嘴，不會把人嚇跑的。」

況且有赤鳶娘子在這裡，他敢胡亂口花花，不是等著被赤鳶娘子捅上一箭嗎？

小命還是很重要的。

裴行眞又好氣又好笑，哼了聲，這才跨足而出。

✦

裴行眞一一分別訊問了李府所有奴僕，尤其是貼身服侍盧氏的女婢蒹葭和白露。

據悉，當天盧氏本該和夫君一同回長安給自己父親賀壽，但因著「身子不適」，所以只好由李益攜著壽禮獨個兒去往盧府，她則是留在府中。

當日早上李益是辰時初出的門，因鄭縣到長安坐馬車也得半天路程，所以李益提早出發，為的便是能趕上岳父下午的壽宴，除祝壽外，還要幫忙招呼賓客等等……

夜裡坊門城門都關了，是以他和書僮秋鴻、馬車夫老姜，確實是隔日一早等坊門擊鼓三百開啓後才出的城，午時左右回到鄭縣家中。

蒹葭還提到，大娘子已經大半個月不讓她們近身服侍了，就連當日早上她們送盥洗之物進正房，大娘子也是隔著屏風就命她倆擱下東西便出去。

後來等郎君出門了，大娘子過了好一會兒才出房門，妝容艷麗，粉撲得有些厚，好似想遮掩些什麼，動作也遲緩許多，可脾氣卻比往常更加地壞了。

不說旁的，光是用早飯時便砸了好幾次碗碟，砸得她們一身狼狽也不敢多問，只得趕緊收拾著一地殘羹湯水，在大娘子尖聲斥喝要她們滾時，戰戰兢兢地退了下去。

蒹葭是盧夫人陪房嬤嬤的女兒，向來深受大娘子寵信和倚重，哪裡見過大娘子連對她也這般不給好臉色？

所以蒹葭便偷偷躲回屋裡哭了好一會兒，才無精打采地淨了面，挨挨蹭蹭想再回到大娘子跟前伺候。

她服侍大娘子多年，最是了解大娘子的性子，發完火之後跟前還是離不了人服侍的。

但大娘子此番卻是早早回了正房，鎖著房門好半天都不出來，只聽得裡頭翻箱倒櫃的異響，像是在翻找什麼似的。

晌午過後，大娘子忽然打開了房門，命她和白露去清點庫房裡的嫁妝。

她們聽了又詫異又驚慌，卻不敢多問，還是憂心忡忡地一起去了庫房。

大娘子平時食不厭精，膾不厭細，首飾胭脂衣衫都是用最好的，而自從嫁給郎君後，更爲了幫郎君做臉面上下打點，還有維持官家太太之間的應酬人情攏絡，那一百二十抬原先豐厚得令人眼紅的嫁妝箱籠，也空了不少去……

可即便如此，餘下的嫁妝也遠比長安一般四品官宦人家的千金出閣時，還要多得多了。

所以她和白露在庫房清點了很久，到了晚間都沒敢停下來去大灶房用飯，只讓兩個三等的小女婢碧環和翠玉，幫忙送了吃食進庫房。

她們期間還跟碧環翠玉打聽了，眼下正院誰去服侍大娘子，碧環翠玉說大娘子把人都打發到外院了，還吩咐不讓任何人入內院吵擾她，違者就發賣出去。

她們自然不敢不聽大娘子的命令，直到亥時初清點完所有嫁妝，各自梳洗後便歇下了，許是累得狠了，蒹葭睡過了頭，隔日卯時中才暈暈忽忽地被白露叫醒。

兩人愁眉苦臉地對坐商議了一會兒，都不知道該不該去內院服侍大娘子起身，就怕自作主張忤逆了大娘子前一夜的命令，兩人又得倒楣了。

最後還是白露怯怯地提議，不如先等郎君從長安回來再說？

蒹葭也覺得如此甚好，畢竟昨日她們才被大娘子罵了一頓，在大娘子氣還未消前，還是別湊到主子跟前惹不痛快了。

就這樣，她倆心神不寧惴惴難安了一上午。好不容易熬到午間，郎君終於從長安歸來了，郎君詢問她們大娘子的行蹤，她倆爭相稟明，只見郎君長長嘆了口氣，便讓她們依然在外院等著，他則是親自入內院……

……可沒想到，等郎君找人找到了暖閣去，推開門一看，只見大娘子已經倒臥在地死去多時。

郎君大驚失色淚流滿面地奔到外院來，瘋狂喊叫著人到縣衙報案，白露和蒹葭聽到大娘子死在暖閣的消息時，頓時如遭雷擊，嚎啕痛哭著跑向了暖閣——

「——奴看見，大娘子就倒在腳踏下的青石地面，頭上有血，身旁遺留了一枚金彈丸，可暖閣裡整整齊齊，並沒有被入室劫掠偷盜的跡象。」蒹葭眼眶又紅了，囁嚅道：「——但四面窗戶都是開著的，後來奴聽捕快差役們也都議論，顯然行兇者是翻窗逃走的。」

裴行眞聽到此處，鳳眸精光一閃，忽問：「……妳家盧娘子以往曾有過這樣異常的行止嗎？」

蒹葭長相秀麗，一身素服神情憔悴，微微哽咽道：「回大人的話，我家大娘子雖然性子嬌了些，可也不是想一齣是一齣的人。但是這陣子大娘子形容舉止確實和往常不大一樣，不是突然暴怒，就是背著人掉淚……奴們很是擔心，可大娘子什麼都不說，也不允許奴們回長安報信，說奴們要是多管閒事，定要打斷我們的腿。」

他目光落在一旁躬背縮脖白淨圓臉的女婢身上。「……妳呢？」

「奴？」白露顫抖了一下，對上裴行眞的眼神有點虛浮不安，結結巴巴。「奴……也、也和蒹葭一樣擔心大娘子，可大娘子向來不喜奴們違抗她的命令，所以……所以奴們雖然覺得不對勁，但也不能如何。」

裴行眞剛剛就注意到了兩名女婢連袂進來之際，這位名叫白露的女婢行進間，腿腳膝蓋似乎略顯一絲僵硬。

他家中奴僕如雲，自然也見過奴僕犯錯曾被管事媽媽罰跪後，膝蓋青紫瘀腫，行走間略顯笨拙不適的模樣。

也許這一點異狀和案情無關，但裴行眞還是放在了心上。

「那麼，妳們可知道盧娘子當日翻箱倒櫃找的是什麼？」他問。

「奴不知。」蒹葭和白露都搖了搖頭，一臉茫然。

他話鋒一轉。「李郎君不只一次打過妳們大娘子，對嗎？」

蒹葭和白露不約而同僵了一僵，慌亂地瞪大了眼，而後又想是想起了什麼，連忙猛搖頭否認。

「大人怎……不不不，大人您誤會了，我家郎君和大娘子是出了名的恩愛，郎君沒、沒有打過大娘子，郎君不是那樣的人。」蒹葭臉色發白，努力擠出笑容來。

「妳二人在害怕什麼？」他問。

蒹葭和白露相覷了一眼，蒼白著臉。「奴……奴們沒有……」

「是怕盧氏不在人世，妳們就成為了李郎君的奴僕，生死由人，故此有所顧忌？」他眸光湛湛，彷彿能直透人心。

蒹葭二人身如抖篩，臉色慘白，像是一下子被戳中了心思……

他凝視著她倆，俊美臉龐威嚴冷肅。「爾等可知，做假證者，視情節大小，輕則枷十日，重則徙三年。妳二人仔細想好了再回答本官。」

白露身子顫抖得更厲害，低頭不語。

蒹葭都快嚇哭了。「大、大人……奴當眞……沒親眼見過，沒證據，奴也萬萬不能胡亂攀誣主子。」

況且律法有載：諸部曲，奴婢告主，非謀反，逆，叛者，皆處以絞刑。

她們不想死啊……

「妳沒有證據，也未曾親眼目睹，」他盯著蒹葭，清冷嗓音步步緊逼。「——但有過懷疑是嗎？爲什麼？是什麼跡象引發了妳的懷疑？」

「奴……奴……」

「若妳等從實說來，便無需擔憂奴告主這一刑律，畢竟妳二人眞正的主子是盧娘子，若李郎君以身契威脅妳等，也無用。」他低沉嗓音一頓，微微緩和了一絲。

蒹葭眸中乍然亮起了一抹強烈的希望。「眞的嗎？大人眞的會保我們性命？」

「若證詞屬實，無論是大唐律法，刑部，亦是本官，自然能保爾等無辜之人不受迫害。」他鳳眸凜然，威嚴沉穩道。

蒹葭在這一刻終於心下大鬆……

自己或許當眞有救了！

白露則是咬緊了下唇，眼角緊縮了縮。

裴行眞敏銳地注意到了白露異狀，尤其是在緊張過後，她那遲了一霎才佯裝浮現的釋然。

他若有所思。

「奴……發現，十日前大娘子就不讓奴等服侍她沐浴了，而且大娘子身上還撒了很重的花露香味。」蒹葭吞了吞口水，首先鼓起勇氣道。

「花露？」

「是，就是長安胡商從大食國千里迢迢運至長安高價售賣的珍貴薔薇花露，價比黃金。」蒹葭有些激動道：「……當初大娘子未嫁前好不容易弄得了一小琉璃瓶子，尋常都捨不得用，唯有進宮赴百花宴的時候才敢沾點在頸項和腕心間，取其稀罕奇香，好在其他貴女嬌嬌面前炫耀一二的。」

「花露香味可能是爲了掩蓋妳家大娘子身上的異狀？」他目光銳利。「比如藥膏味？」

蒹葭眼眶紅了，哽咽道：「大娘子自小就是全長安城最貴氣的女郎之一，出嫁前也是滿心期待能和郎君夫妻恩愛令人稱羨，尤其郎君雖家世式微，可滿腹才學是連許多老大人都極爲讚賞的，又年紀輕輕便任了鄭縣主簿，日後官場之上大有可爲……這些都是大娘子跟奴說的。」

他靜靜聽著。

「若大娘子眞的被郎君打了，依大娘子的驕傲，她定然不願家醜外揚，不想旁人同情恥笑她所嫁非人……」蒹葭輕輕啜泣起來。「所以，她才連奴們這些朝夕相處的服侍女婢都不說的吧？」

看著憨厚嘴笨的白露也抹著眼淚，終於開口，卻是石破天驚地道：「……大娘子這一個月來經常三天兩頭回娘家，看著心情都不大好，便是七、八日前，又偷偷回了一趟長安。」

裴行眞眼神陡然犀利如鷹隼。「回長安？去做甚？又去了多久？幾時回的鄭縣，李郎君可知道這件事？」

蒹葭卻是愕然地望向白露，脫口而出。「妳怎麼知道大娘子七、八日前回過長安？」

「我……」

「等等，莫不是八日前……郎君陪同宋縣令下鄉巡視雪災那一天？妳跟著大娘子回去的？」

白露有些羞愧歉然地看了蒹葭，點點頭道：「正是那日，大娘子私下讓我尾隨郎君的馬車盯著，確認他到縣衙和縣令大人會合、眞的出城了，便趕緊回府稟告。」

「我記得那日，大娘子則是命我代她去飛雲寺添香油錢，跟主持討一方平安符。」蒹葭喃喃，有點不是滋味地道：「大娘子這是在提防我嗎？她怎麼就不信我了呢？我對大娘子一片忠心天地可表啊……」

白露卻是心知肚明，蒹葭生得嬌俏伶俐，平常嘴也甜，連在郎君面前也是敢說敢笑，大娘子生怕蒹葭仗著容貌好，起了旁的心思……

而自己長得平平無奇又蠢笨些，大娘子……自然放心她不會被郎君攏絡了去。

白露頭低了下來。

裴行眞爲何對於貼身服侍盧氏的兩名女婢，不採用各別審訊之法，便是要藉機觀察她倆之間細微隱藏的互動，從而抽絲剝繭，研判案情。

而從方才到現在，看似處處主動且性情機靈的蒹葭實則沒什麼心眼，但敦厚拙於言的白露……所言所行，卻始終有種違和感。

「妳可知盧娘子回長安去了何處？又是幾時回的鄭縣？」他盯著白露問道。

「我家大娘子那日回長安盧府，到正院見了大人和夫人，奴和一干奴僕都被屏退於外，不敢窺探，後來大娘子逗留了半日才出的城……入夜後返家的，」白露不安地偷瞄了蒹葭一眼，瑟縮了縮。「大娘子看著心情極好，笑靨如花，讚奴差事辦得好，便……便賞了奴一支簪子。」

果然，蒹葭臉色登時難看了起來，憋不住酸溜溜地道：「想來是白露姊姊伺候得好，比妹妹這能幹多了；可白露姊姊妳得了賞賜是喜事，怎麼藏著掖著不叫妹妹知道，是怕妹妹眼紅同妳搶那簪子麼？」

白露囁嚅了一下，眼圈紅了。「蒹葭妹妹，不是的……」

蒹葭一想到大娘子居然信任白露勝過自己，本就心裡難受，現在又聽到白露竟得了簪子，而自己服侍大娘子那許久，最多也不過被賞了幾副丁香花銀耳璫，米粒大小的珠花戒子之類的。

大娘子的髮簪，無論哪一支不是購自長安珠寶旺舖的上品？且都是非金即玉，鑲著寶石翡翠珊瑚或是碩大的珍珠……

思及此，蒹葭看向白露的眼裡都冒火了，對於自家大娘子的差別對待，又是氣憤又是傷心又是失望。

若非大娘子已經不在人世了，自己眞想同她好生哭訴追問一番，自己究竟是哪兒輸給白露這笨手笨腳的傻子了？

蒹葭狠狠地瞪了白露，吸了吸鼻子。

白露則是越發縮頭縮腳……

裴行眞看著她們二人，忽然溫和地對道：「白露，妳可以下去了。」

氣憤難平的蒹葭刹時一抖，又慌張又委屈，眼淚奪眶而出。「大、大人？爲何白露能走，奴卻不能？」

「自是還有話要問妳。」裴行眞眼神似是冷了一些。

蒹葭心臟重重一撞，臉色瞬間刷白——

大人讓白露退下，是覺得白露沒了嫌疑嗎？那……那自己呢？裴大人該不會以爲她跟大娘子之死有干係吧？

白露悄然地偷看了裴行眞和蒹葭，眸色幽深……

裴行眞狀若未察，只是漫不經心地摩娑了娑指間的漢玉板指。

白露憂心地看著蒹葭，欲言又止，最後還是乖順地，有些一瘸一拐地退下了。

裴行眞不著痕跡地給了玄符一個眼神，玄符會意，在白露離去後也悄然消失在正堂。

蒹葭心亂如麻，敬畏又惶惶然。「大人……」

「方才妳說，妳隔日睡過了點兒，是暈暈忽忽被白露推搪叫喚才醒來的？」他目光灼灼。

「回大人的話，奴說的都是真的，絕不敢有半句虛言。」蒹葭緊張地點頭道。

「妳可記得自己睡前曾吃喝過什麼？」

蒹葭茫茫然地微張著嘴，努力回想著。「奴……沒再吃喝什麼，只是往常冬日炭盆兒燒得屋裡惹人口乾舌燥，奴都會習慣起身喝口水的，但是那晚奴卻是一覺到大天光，還覺得頭昏昏沉沉，有點犯噁心，最後奴狠一狠心，絞了條冷帕子重重擦了把臉，這才真正清醒過來的。」

「昏沉，犯噁心……」裴行真眼神如炬。「妳當晚入睡之時可曾聞到什麼異香？」

「異香？」蒹葭心念一動，囁嚅道：「奴恍恍惚惚間，好像屋子裡香味兒濃了點……但奴和白露同住一室，奴們有脂粉妝匣，箱籠內也放了防蟲咬的香餅子，屋子一貫有香氣的。」

「屋中可放有薰香爐？」

蒹葭搖了搖頭，咬著下唇道：「奴這樣的女婢身分低微，如何用得起薰香爐？也不敢用啊！」

「聽說盧娘子精擅製香之藝，長安許多大戶人家中也不乏女婢學香伺候的，妳與白露可會調香？」

蒹葭臉上浮起了一抹難堪和慚色。「奴……雖是家生子，但素來不是心靈手巧的……」

「白露呢？」

蒹葭一愣，臉色有些難看，彆扭又隱隱不屑地道：「奴不會，白露自然更不會了，不過若說灶下那些活兒，奴自認是遜她一籌的。」

裴行真若有所思。「稍後，本官會請卓參軍到妳二人居室搜查一二。」

蒹葭慌了，撲通地跪下來道：「大人，裴大人，奴、奴平常在大娘子面前是好博風頭，喜爭強鬥勝，但奴眞沒這膽子做什麼惡事啊……」

他淡淡道：「本官只是想要確定一件事。」

第八章

這一頭……

白露低著頭疾行了一會兒，而後神色不定地四下張望，見冬日蕭瑟院落中依然安安靜靜，自己身後也沒跟著人，不禁微微鬆了口氣。

她狀若自然地回到了自己屋裡，連忙掩住了房門，上閂……

一個熟悉溫暖的胸膛貼了上來，她心下一顫，身子卻不自禁又酥軟了起來。

「郎君……」她白淨秀氣圓臉上透著癡迷眷戀，忍不住偎緊了李益，有些哽咽道：「郎君，奴怕……不、不過您放心，奴什麼都沒有說，蒹葭也果然如您預料的那樣，爭著當那出頭的椽子……奴看著，裴大人好像疑心上她了。」

「露兒眞了不起。」李益摟著她，低頭溫柔地道：「我就知道，妳其實比誰都要聰慧，她們誰都比不上妳。只是裴大人威名在外，能當上刑部第二把手，必然不是那等虛有其表的，咱們還是要更謹慎些才好。」

「郎君的意思是，裴大人會看穿我倆的……私情？」白露臉色慘白了白。

李益嘆息，語氣更加纏綣。「我正有此擔憂，唉，想我李某這一生總是受制於人隨波逐流，今日好不容易能真正得了一個可心的知心人，可……只怕在外人眼中，倒越發認定我就是個薄倖的。」

「郎君……」白露感動得淚眼汪汪。「郎君不薄倖……」

「當初我原以爲霍小玉是真心全無所求地待我好，可沒想到她竟慫恿崔十一郎逼迫欺辱於我，讓我成了全長安人眼中的笑柄，」他清俊臉龐憂鬱傷感。「後來被我阿娘強娶了妳家大娘子，還以爲能過上夫妻和樂相互扶持的日子，沒想到我在她眼中只配做個卑躬屈膝的……面首。」

李益高大身子微微發抖。

白露想起大娘子一貫的嬌氣高傲，也心疼至極地撫摸著他英俊瘦削的臉頰。

「奴知道，奴都看見了郎君這些苦……」

郎君何等的天人之姿、才華過人，偏偏大娘子仗著身分和家世，時常壓了郎君一頭，她雖是大娘子陪嫁來的女婢，也覺著大娘子這樣待自己的夫郎實在不該。若換作是她能得遇此良人，必要處處依著順著他，哪裡捨得叫他不快呢？

「露兒，可唯有妳，是眞正眞心實意地對我好，總是默默爲我斟茶研墨，在我爲了深夜振筆直書時，貼心爲我送上夜宵，」李益深情地看著她。「妳放心，我必不負妳，只是得委屈妳再多等些時日，才能給妳侍妾的名分，畢竟大娘子……我與她夫妻一場，於情與理都該爲她服齊衰之禮。」

「奴能得郎君憐惜，已是畢生之幸，又哪裡敢怪郎君？」白露落淚。「爲了郎君，奴做什麼都願意！」

「露兒……」他痛楚地低喚了一聲。「都是我把妳拖進了這灘渾水裡，讓妳跟著我提心吊膽。」

「怪就怪奴情不自禁……可，可大娘子著實也太善妒了，她不憐惜郎君，卻也不叫旁人對郎君好，」白露偎靠在他懷裡，感受著郎君溫暖的懷抱，他身上那絲絲醇厚迷人的沉香味，還是自己親手為他薰上的衣香。「……奴眞的好生心疼郎君啊！」

「我知道，我都知道。」李益感動地摟著她，大手輕輕地摩娑著她的小腹。

白露越說越激動，渾圓的黑眸亮得駭人。「明明……是大娘子自己沒能給郎君懷個一男半女，還不讓您為子嗣打算，哪家郎君不是三妻四妾？大娘子還爲著這個三番兩次和您吵，在奴僕面前每每叫您顏面掃地……今日就算裴大人知道了奴傾心於您又如何？奴是大娘子的陪嫁，按規矩幫著服侍郎君，本就天經地義。」

李益再嘆。「露兒，換作尋常自是無妨，但眼下大娘子……若此時又暴露我倆私情，妳應當知道裴大人會怎麼想？」

白露頓時慌了。「那、那該如何是好？」

李益眉頭深鎖，忽問：「方才裴大人問了妳和蒹葭何事？」

白露心驚膽戰，強忍著不安一一說了，李益在聽到裴行眞懷疑他幾番動手毆打盧氏時，臉色冷硬緊繃了起來。

白露偷偷地看著郎君的眼神，不免越發憂心道：「郎君……」

李益目光低垂，掩住了眸底一抹凶光，語氣卻十分冷靜。「不打緊。露兒，妳最是清楚我平日對大娘子的恭敬順從，若說大娘子身上的傷是我下的手，誰人會信？至於爭吵……天下又有哪對夫妻不爭吵？」

白露小手擔憂地輕撫著他的手臂，臉色蒼白，眼睛卻隱隱赤紅。「郎君，還有什麼是奴能幫得上的嗎？您只管說，奴什麼都能為您做到……奴，奴方才就該搶著為郎君澄清才對。」

「妳若是為我說話，裴大人就該疑心妳了。」李益深情款款地道：「露兒，現在我們就該以不變應萬變，別忘了大娘子遇害的那晚，我人可是在長安，裴大人也沒有證據可以誣陷我。況且，大娘子子時喪命，當時我正和岳父把酒言歡，壽宴上所有人都能為我作證。」

白露手緊緊掐握住了他的手臂，喃喃重複道：「對，就是這樣，裴大人再怎麼查，郎君都是清白的呀！」

李益摟緊了白露，湊近她耳畔，用只有兩人聽得見的嗓音柔聲問：「露兒，那東西妳可確實扔了？」

「自然，郎君安心！」白露低著頭，眼神有一霎的驚慌，可竭力面不改色地應道。

李益環著她的雙臂感覺到了她那一霎的僵硬，目光不由冷了冷……卻也掠過一抹譏誚之色。

這女人，就是蠢。

不過也幸好她這般蠢……

……此刻屋簷之上，正有個黑色身影靜靜伏著，僅隔著悄悄移開的一線屋瓦縫，清楚地看見他倆相擁的一幕。

李益倒也沒敢多停留，再稍稍安撫了白露後，便偷偷打開門四下張望了一眼，確定無人後便匆匆離去。

在李益身影消失在角門的那一剎，屋簷上高大黑影也無聲無息地不見了。

白露則是看著關上的房門，捂著胸口，怦怦狂跳的心臟好半天還緩不下來……最後她的手輕輕往下移到了小腹處，忐忑的神情逐漸變得堅定無比。

「孩兒，阿娘為了你和你阿耶，娘什麼都願意做……」她喃喃。「阿娘吃夠了賤籍之苦，做夢都想能恢復良籍之身，這是阿娘唯一的機會了。」

✦

鄭縣 衙署

宋縣令緊張地看著裴行眞檢視從李府暖閣中取得的物證……也就是那枚沾血的金彈丸。

匣子內還有另一枚滴溜溜的金彈丸，無論是形制還是重量及刻在上頭的火焰，都是一模一樣，想來就是李益所稱當初在勝業坊，崔十一郎用來擊打他膝蓋彎的那枚了。

從長安崔十一郎身上搜來的彈弓和一袋金彈丸也擺放在一旁。

「現場物證只有這一枚金彈丸？當眞沒有旁的東西了？」

「回裴大人的話，高捕頭和江仵作在現場確實只找到了此物，還有盧氏的屍首。」宋縣令戰戰兢兢地答道。

「怎麼沒有命案現場的繪製圖？」裴行眞蹙眉。「血跡分布何處？屍體又倒臥何處？」

宋縣令慌了。「回、回裴大人，當時李主簿說他發現盧氏的屍體時，大受打擊悲痛萬分，女婢們也嚇得不得了，慌亂間亂走亂踩，暖閣地面一片凌亂，高捕頭和江仵作到場後……這命案現場繪眞圖也無從畫起了。」

「堂堂縣衙公門中人，卻未按流程辦案，身為主官亦得過且過，致使案情徒增紊亂，恐生異端。」裴行眞俊美臉龐神情嚴峻。「──宋縣令，此番刑部可得『好好』幫你記上一筆！」

「下、下官知罪，下官……」宋縣令嚇得膝蓋一軟，撲通一聲跪下請罪。「還請裴大人看在下官是無心之過的份上，饒過下官一回……下官日後定當兢兢業業，不敢有半點疏失了。」

「爾等之過，我自會錄入卷宗呈報刑部由尚書大人裁罰。」裴行眞眸光微閃，嘆了口氣，親自攙扶起了滿頭冷汗的宋縣令，語氣緩和了一絲。「宋縣令，裴某並非刻意刁難，只是辦案程序處處馬虎不得，也許關鍵線索就在其中，卻遭到破壞……若讓眞正的兇手得以逃脫法網，你我便是大大失職。」

宋縣令哆嗦，滿臉慚愧。「是下官想差了，下官認罰……」

「只要案情能水落石出，不因此生了冤假錯案，按情節輕重，宋縣令也就是罰俸半年以贖其過了。」

宋縣令大大鬆了口氣，滿臉感激涕零。

拾娘默默看了宋縣令一眼……

方才裴侍郎說的是「不因此生了冤假錯案」，可若恰恰是因此疏漏而生了冤假錯案，就不是區區罰俸半年就能解決的了。

不知怎地，拾娘覺得自己跟在裴侍郎身邊這些時日，好像也學習、領略到了點官場上皮裡陽秋的說話之道。

她清了清喉嚨。「——命案現場，應該還是有東西不見了。」

「不見？」宋縣令愣住，忙否認道：「不可能，高捕頭和江仵作一向辦事老練，況且當晚李主簿也在場，除了地面血跡腳印亂了些，可旁的如有什麼東西遺失，李主簿是不可能不知道的。」

裴行眞深邃鳳眸專注地望向拾娘。「卓娘子有何發現？」

「這是我從暖閣腳踏下方，一處青石板縫隙中起出來的。」她從隨身羊皮囊中小心翼翼地取出了一個桑皮油紙方勝，而後緩緩打開，露出其中隱約閃爍的丁點光芒。「摸著像是某種石頭，偏又頗見光華。」

裴行眞目光落在其上，修長指尖輕輕捻起那一點堅硬剔透，青中沁金的硬物，心念一動。「這是金精。」

宋縣令一臉迷惑。「敢問裴大人，金精爲何物？」

「金精又名青黛、璆琳，出自西域俱蘭和吐火羅國，」裴行眞解說道：「多由胡商引進大唐，雕琢爲佛珠、首飾、雅物玩器等，坊間一方硯臺大小金精可抵一斛南海明珠，端是珍貴非常。」

「原來這便是《爾雅・釋地》中：西北之美者，有崑崙虛之璆琳琅玕焉。」宋縣令睜大眼睛，讚嘆道：「下官眞是長見識了。」

拾娘看了宋縣令，又看了看裴行眞——眼前兩位不愧是文官，說的那些她都沒聽過，她此番也是長見識了。

「這……李主簿雖然並不富裕，但盧氏嫁妝豐厚驚人，想來也不缺少金精首飾佛珠。」宋縣令遲疑道：「下官並非袒護李主簿，只是按世情推測，許是盧氏哪一日不小心摔壞了，才教金精碎裂，落了一點到縫隙之中的吧？」

金精屑落在青石磚縫隙內，顏色相類，若非拾娘細心入微寸寸檢查，恐怕也難以發覺得了。

「青黛……青石磚……」裴行眞腦中有抹什麼一閃而逝，就在即將捕捉到的剎那，又被宋縣令突然激動的話聲給打斷了。

宋縣令腦中靈光一閃，興奮至極地道：「——或者是，當晚兇手其實是爲奪寶而殺人？」

拾娘猶豫了一下。「這也不無可能。」

宋縣令興沖沖道：「那崔十一郎殺人的動機就找到了！」

拾娘搖頭。「不，恰好相反。」

宋縣令愣住。

裴行眞冷靜道：「崔十一郎出身名門，崔府世代積累財富可觀，區區金精又豈能引來崔十一郎覬覦而不惜行兇殺人？」

「這……」宋縣令一抖，忍不住求助地望向拾娘。「可卓參軍方才一開始不也認同了下官的推論嗎？」

拾娘認眞道：「我只說不無可能，但假若兇手眞是爲了奪取金精才殺的盧氏，那麼崔十一郎就不符合兇手的形象特徵了。」

「卓參軍憑甚做此論斷？」宋縣令不服氣問。

「且先不說崔十一郎的身分，他若是爲了缺錢而搶奪金精，又怎麼會不拾回自己的金彈丸？這彈丸約莫也有二金重，都足夠長安普通一戶四口人家花用嚼吃個一、兩年呢。」拾娘拿起了金彈丸，在掌心托了托測試重量，沉甸甸的還挺壓手。

話說回來，這崔十一郎也太能敗家了，便是拿銅彈丸銀彈丸來使也算豪奢了，他卻一出手打的便是金彈丸，嘖嘖。

高門望族就是高門望族，這才眞正叫「一擲千金」！

「這……」宋縣令滯了滯，有些不服氣地道：「誰知那崔十一郎是不是跟長安有些門庭落魄的子弟一樣，外頭看著風光，內裡已是河落海乾，用二金的金彈丸故弄玄虛，奪取堪比明珠一斛的金精，這麼一來二去的，也是他大大占了便宜！」

說甚笑話，明明現場遺留的殺人凶器證物金彈丸，已可證實是出自黃衫客崔十一郎，且他案發前後也在鄭縣出沒，行跡詭異可疑，又與李益有仇怨……難道他不合該是最大的嫌疑犯嗎？

何況盧通事舍人都發下話來了，定要兇手早早落網伏首，以告慰其女在天之靈，甚至還爲此不惜請動武侯幫忙拿人……

可此番他怎麼聽著裴侍郎和卓參軍的句句案情推演，都像是想爲崔十一郎脫罪？

那怎麼能行?!

宋縣令臉色沉了下來，心裡開始暗暗盤算著，是不是得讓縣衙捕快偷偷兒到長安速報急信……

他官小位卑，對上刑部和裴侍郎自然只有被輾壓的份兒。

但若裴侍郎硬是仗著上官的身分想處處壓制自己，好替兇手崔十一郎排除嫌疑，那恐怕也唯有近在御前的盧通事舍人能來爲之理論一二了。

況且死者盧氏還是盧通事舍人的親生愛女，這做阿耶的要爲女兒討公道，乃屬天經地義。

就算裴侍郎再得聖人寵信喜愛，眞被盧通事舍人給鬧上朝廷去，定然也落不得個好。

也許屆時連裴相和劉尚書都會連帶抹上一鼻子灰呢！

宋縣令雖然只是個小小的鄭縣縣令，但他家大娘子姓徐，正是和中書侍郎徐公同出雍州徐姓一族，雖然已經出了五服之外，但好歹攀絲遷藤也能厚著臉皮尊稱徐公一聲堂叔父。

而徐公和裴相可不是同一路人……

思及此，宋縣令底氣又壯了起來，一臉嚴謹肅穆地盯著裴卓二人，彷彿下一刻就要直接出口抨擊懷疑起——

他倆是不是收受了崔十一郎的好處，這才處處偏袒崔十一郎，想爲他擺脫罪名?!

裴行眞看出宋縣令眼珠子咕嚕嚕轉，而後慷慨激昂的模樣，不禁淡淡一笑。

「想來，宋縣令還不知道崔十一郎出身清河崔氏？」

「清河……」宋縣令頓時一呆。「清河崔氏？」

「沒錯，崔十一郎是清河崔氏的嫡系子弟，其母姓竇。」裴行眞挑眉。「正是聖人母家的親表姊——竇夫人。」

宋縣令聞言差點傻了，結結巴巴道：「怎、怎麼……裴大人您該不會是跟下官說、說笑吧？」

「宋縣令放心，只要證據確實能證明兇手爲崔十一郎，聖人也會秉公處置，決不徇私。」他鳳眸微閃，似笑非笑。「但在此之前，只憑著一顆金彈丸就想定崔十一郎的殺人罪，亦是太過倉促兒戲，不知宋縣令以爲如何？」

宋縣令冷汗涔涔。「當、當然……太兒戲了，太兒戲了……」

拾娘想了想，對裴行眞道：「大人，恐怕還是要問一問盧氏的女婢，關於這金精的事。」

裴行眞對守在門側的玄符點了點頭。「去吧。」

玄符目光錚然，執手領命。「喏。」

就在此時，和他們在李府外就分開查事的玄機匆匆踏入縣衙，黝黑透藍的眸子閃閃發光——

「稟大人，有西城牆角樓那裡的消息了。」

✦

長安　盧府

身材中等略福態的盧誌在朝中儘管和中書侍郎徐公頗爲親近，但也從不與他人爲難交惡，平時笑口常開，和和氣氣的，是朝廷文武百官都知道的「老好人」。

可這幾日盧誌告了假，神情憔悴許多，天天盯著鄭縣縣衙辦案的進度，在知道刑部裴侍郎帶人前去查案後，他忍不住在屋裡狠狠砸了心愛的茶碗！

「阿耶，」盧誌大兒盧維低聲地勸道：「您千萬保重身子。」

盧誌看著從國子監回來的大兒，心情複雜不已。「……大郎，你明日陪著阿耶再趕往鄭縣一趟吧，你阿妹……總不能一直孤零零地在縣衙內。兇手要抓，可你阿妹的後事也得好好辦起來，她在娘家的時候享盡富貴錦繡，身後事也不能草草馬虎了事。」

「阿妹……太可憐了。」

盧誌忽然開口問：「——你怪阿耶嗎？」

「兒……不敢。」盧維沉默了一下，搖搖頭。

「我知你心中定是怪我的，就和你阿妹一樣。」盧誌澀然地道：「李益狗膽包天，居然敢對她動手，而我卻要她再忍一忍，切莫打草驚蛇，只等大事功成後，我自然能遂了她的心願……可阿耶當真萬萬沒想到，那日竟是我們父女最後一次相見。」

盧維垂頭，不敢承認自己對父親確實心中有怨，但誠如父親說的那樣，沒人預料得到阿妹好好兒地在鄭縣家中，卻無故遭逢死劫。

父子倆神態都有些消沉萎靡，在書房內靜默良久，相對無言……

「淨持那邊都派人看管起來了嗎？」最終，盧誌還是振起了精神，眼神多了三分銳利。

「是，淨持和女婢浣紗都讓人暗中看管住了，也不曾驚動鮑十一娘。」盧維輕聲道：「阿耶……咱們這樣，值得嗎？」

「事情演變至今，若不能達到目的，你阿妹豈不是白死了？」

「兒只怕我們付出了這麼大的代價，卻……」

——竹籃打水一場空。

盧維握緊了緊拳頭，不安地道：「阿耶，您確定消息無誤嗎？當眞不是有人存心弄鬼？」

盧誌目光冷了一瞬。「事關重大，若非已有八成把握，阿耶又如何甘願與虎謀皮？」

「但兒實在信不過李益那個兩面三刀的混帳。」盧維咬了咬牙，面上憤恨之色閃過。「怎會有那麼恰巧的事？他於阿耶壽宴當日，在書房內終於鬆口願將三尺烏絲瀾綢獻出，偏偏當晚阿妹就死在了李府內……」

盧誌搖頭道：「不，害死你阿妹的兇手定然另有其人，不會是李益。他既然已經同意了條件，又有什麼理由要謀害髮妻，壞了兩家大事？」

「他肯定還記恨著您當時讓阿妹暗中打聽、翻找那烏絲瀾綢的事。」盧維惱怒地道：「李益此人看著儒弱，實則得志便猖狂，否則又怎麼敢在得了烏絲瀾綢後就在阿妹面前趾高氣昂起來，甚至不惜動手打人？」

盧誌臉色微變，心下滋味複雜萬千。

……一個月前，女兒盧氏偶然間發現霍小玉偷偷命女婢浣紗，送了三尺烏絲瀾綢到縣衙後門，托書童秋鴻轉交給李益。

女婢浣紗說，霍小玉言明此生雖恨李益始亂終棄，卻也難忘兩人曾經的纏綿恩愛，如今自己天不假年，眼看時日無多，幾番思量，還是決定將當初李益寫下盟誓的烏絲瀾綢給了他，也算了卻此樁情債……

盧氏知道這件事後，當下自然怒火沖天，好不容易忍到李益下衙回府，便對李益痛加指責，說他不知好歹，居然還和霍小玉那賤人勾搭不清，究竟置她和盧家於何地？

李益當然不認，只說她敏感多疑、心胸狹隘……

期間夫妻倆拉拉扯扯間，那烏絲闌綢不知怎地被扯壞了一角兒，透出了銀線織就的一處……

只見那薄如蟬翼的絲綢內，經紗緯紗隱約排序浮現了依稀像是「王」、「藏」二字，可沒等盧氏看清楚穿插在前後那行字是什麼？李益已經一把重重將她推倒在地，猛然將烏絲闌綢搶回手中。

——自那日起，李益竟像是向天借膽了，對盧氏越來越沒有耐性，還不許她再問起烏絲闌綢之事。

氣得盧氏又是哭又是惱又是恨，也就更想找出這兩人姦情見證的信物出來，一把火給燒了！

夫婦倆為此鬧了好些時日的彆扭和不快，且半個月後，竟又被盧氏發現浣紗再度悄悄溜到李府後角門，跟李益碰了頭。

那女婢神色不安地求著，說奉主子之命想把烏絲瀾綢討回去，李益卻始終面色沉沉、不發一語。

浣紗甚至跪下來猛磕頭，哀求著請李益看在和她家主子舊情上，可否再將瀾綢原璧歸趙？

李益壓低聲音問浣紗，爲何她主子又改變了心意？想把東西拿回？

浣紗神情閃爍，吞吞吐吐，一忽兒說主子的決定，自己也不甚清楚，一忽兒說是淨持要求，要留著烏絲瀾綢做念想，一忽兒說鮑十一娘逼她們搬出勝業坊，主子阮囊羞澀，只能指望著將那瀾綢典了出去，充作遷居種種花用云云……

李益聽完，卻是滿面憂傷地對浣紗說道，可惜當日烏絲瀾綢被盧氏發現後就毀了去，是他對不起霍小玉，他願意拿出十金補償。

浣紗深受打擊，可最後還是只能抱著十金，失魂落魄腳步踉蹌地走了。

盧氏越發怒不可遏，等浣紗一走，她便大聲質問起李益——

爲何寧願撒謊也不願把那烏絲瀾綢還回去？

是不是還想和霍小玉藕斷絲連？那十金難道用的不是她的嫁妝錢？

李益臉色鐵青，劈手就狠狠甩了她一巴掌！

盧氏再度回娘家哭訴，說李益狼心狗肺，居然爲了霍小玉那賤婢幾次三番對妻室動手，還說她敢肯定那烏絲灡綢裡頭的暗繡，必然是夾雜了什麼見不得人的下九流的淫詞艷曲……

盧氏讓自家阿耶和阿娘無論如何都要好好痛懲李益一番，言談間還強烈流露出想和離的意思。

盧夫人聞言自然是大怒不已，當下就要親自前往鄭縣爲女兒作主，可盧誌腦中卻電光火石間聯想到了一事——

霍王之女……珍貴非凡烏絲灡綢……繡有暗字……女婢浣紗的說詞反覆……

——莫非是，那個？

他長年侍在御前，當然也聽過關於霍王謀逆後，消失的那筆巨資的種種臆測流言……

有內侍說霍王當時自知必死無疑，便將那筆龐大財富祕密運出長安，藏在一個無人知曉的地方，待霍王後人東山再起。

也有老宮奴則說那筆錦帛金銀早就被黑甲軍全部查抄走，上呈給了聖人……眾說紛紜，什麼都有。

只不過這樣的蜚短流長都是悄摸摸兒地嚼舌，誰都不敢當眞拿到檯面上來議論。

可盧誌在聽到女兒怒氣沖沖地提到那「王」、「藏」字時，心下卻是激動狂跳不已……

越想越覺著，難道當年霍王那筆下落不明的龐大錦帛金銀，藏寶線索就隱於那三尺烏絲瀾綢中？

聽說就連霍王之子們在府裡翻箱倒櫃，幾乎把湖水都掏乾了，也找不到那筆巨財，而淨持母女當年又最得霍王寵愛，若說霍王將那筆財寶匿藏於淨持母女「身邊」，也不是沒有這個可能。

畢竟淨持身分低賤，任誰也想不到那麼重要的一筆用來招兵買馬的財富，會被安排在一個霍王通房女婢手中。

霍王當初隨著先帝和聖人打天下時，也是用兵詭奇的一員大將，這樣迂迴隱晦的法子，倒像是霍王能想出的妙計。

盧誌是官場上的老油子，儘管看著慈眉善目笑容滿面，也是一肚子彎彎繞繞的心機，否則又如何穩坐殿前通事舍人這個職位？

所以他第一時間就揣測到，霍小玉必然是終於發現了烏絲瀾絧隱藏的祕密，所以才不惜出爾反爾地讓女婢來要回去。

只是他那個好女婿李益在鄭縣擔任主簿後，見多識廣，經手的事兒也多了，城府心計已然歷練出來，又哪裡會察覺不出其中的異狀？

李益推託烏絲瀾絧害得他們夫婦反目，已然被毀……又何嘗不是想斷了霍小玉和淨持的最後生路？

盧誌當下便阻止了夫人陪著女兒去鄭縣找女婿算帳的打算，他先是好好安撫了母女倆，轉頭便吩咐盧府麾下部曲，分別去盯著勝業坊和鄭縣的李益。

他雖對此物動了念，可生性謹慎多疑，亦是曾揣度過，會不會烏絲瀾綢一事乃霍小玉故意設下的陰謀詭計，好讓李盧兩家爲這影影綽綽的霍王寶藏而反目成仇？於是在未有九成把握前，他便暫且按兵不動。

——直到後來，盧誌收到部曲回報的消息，說霍小玉在聽浣紗回稟後，當時就暈厥了過去，又大病一場……

醒來後，霍小玉便苦求鮑十一娘去請了黃衫客到屋內一敘。

盧誌安排的人雖進不了內堂，打聽不到霍小玉和黃衫客崔十一郎都說了些什麼，卻也看到黃衫客崔十一郎心事重重，面有悲色。

而當晚，霍小玉便上吊自盡，香消玉殞了……

盧誌頓時疑心大消，已然能肯定這霍小玉必是求崔十一郎再度相助而不得，萬念俱灰，自知愧爲人女，無顏苟活於世。

她一個淪落風月之地又名聲盡失的女郎，就算知道霍王巨寶下落可能藏在瀾綢中，也不敢大張旗鼓地親自出面跟李益討要，若崔十一礙於事關重大不敢相幫，她當然也就走投無路了。

須知天子腳下，從不缺聖人耳目，萬一不小心鬧大、宣揚開了，到時候聖人再度追究起來，恐怕霍王府親眷包含被放出府的淨持，也都要被一網打盡、重新問罪。

霍王親眷好不容易逃出生天，轉眼又陷入死地，恐怕生生吃了她們母女的心都有了。

……事到如今，霍小玉確實也只能一死謝罪了。

以盧誌想來，天下誰人不貪生怕死？若不是已經走到絕境，霍小玉也不至於投繯自盡。

而鄭縣那頭，部曲傳來的消息是——

李益白晝如常到縣衙當差，可每每入夜後便將所有奴僕都打發了，關在屋內研究著烏絲瀾綢的祕密。

盧誌初始不願驚動李益，便跟女兒商量，只要她能暗地把那烏絲瀾綢弄到手，交給阿耶，就許她同李益和離，還幫她另嫁一戶長安高門子弟，安享富貴尊榮，依然風光勝過往昔。

大唐女子地位高於前朝多矣，再嫁也不丟人，尤其他盧氏女搶手得很，只要風聲放出去，自有大把的好郎君來求娶。

而盧家女兒在他李家吃了這麼大一個虧，總得在李益身上找補回來，那霍王寶藏，就是李家該給盧家的賠禮和補償。

盧氏被自家阿耶一番威逼利誘和曉以大義，便答允了暫且忍氣吞聲回鄭縣和李益虛以委蛇……

可誰知盧氏的窺探還是驚動了李益，也虧得自己這個老丈人鎮得住，親自出馬對他一通分析厲害得失後，李益最終還是乖乖俯首聽命。

但李益也言明，他現在還不能交出烏絲瀾綢，而是要岳父盧誌寫下一份契約文書為證，說找出此筆巨財後，將由李盧兩家各得五成。

盧誌可不是那等容易滿足之人，在他眼中，李益和其家族已然落魄多年，若非仗著他這個岳父之威，又哪裡能這麼平順地踏上仕途？

翁婿倆各使心眼，誰都想在這塊天上掉下來的餡餅中咬上最大一口……

直到盧誌壽宴當晚，李益突然鬆了口，說只得霍王巨財中的二成，但盧誌必須再薦舉他到中上縣爲縣令。

盧誌允了，翁婿倆當夜推杯換盞，和樂融融相談甚歡。

可萬萬沒想到，藉口留在鄭縣是想偷偷找出烏絲闌縞的盧氏，卻在家中不幸遇害了……

盧誌對女兒雖然也有些算計，但終究還是心疼自己的親骨肉，案發後他幾度夜不能寐，閉上眼都是女兒哭著說要和離的那一幕。

他眼眶泛溼，老臉黯然……

「阿耶，李益當初能爲了和阿妹的這樁婚事，就狠心斷了和霍小玉的情分，可見此人性情中陰毒的一面。」盧維陰沉地道。

盧誌不語。

「盧李兩家就算是同聲共氣的姻親，也耐不住人心思變……說不定，他當晚在壽宴上的投誠，也不過是拖延之計，現在阿妹又沒了，李益還會遵守約定嗎？」

「李益心裡很清楚，他一個小小的中縣主簿能翻騰得了什麼風浪？唯有倚仗我盧家，日後官途才有扶搖直上的可能。」盧誌抑下心中酸澀，面色深沉地道。

「可……」

「——他現在才是那個該害怕的人，怕你阿妹不在了，我們盧氏便不認他這門親，到時候他隨時會成爲被拋棄的棋子。」

盧維一震，面有所思。「阿耶說得有理……」

「何況即便烏絲瀾綢在他手上，沒有我盧家的部曲供驅策，就憑李家這破落戶，能成什麼大事？」盧誌一聲冷笑。「就算找到了藏寶之地，他難道還能自己一個人動手去挖不成？」

「阿耶，那崔十一郎那兒……」

盧誌淡淡地道：「若他眞是殺你阿妹的兇手，便該死……倘若兇手另有其人，他也死不足惜，誰讓他自甘墮落和一個淪入風塵的王女糾纏不清？」

盧維想了想，也快意地道：「那是，就憑著他當初多管閒事，把李益捆到霍小玉面前謝罪，讓阿妹和我們盧家顏面掃地，也活該他今日有此報！」

第九章

深夜，裴行眞和拾娘依然未能安心歇息，索性在下榻的鄭縣驛館裡，命人燒了一鍋子熱騰騰濁白噴香的巧羊肺羹，配著灶下廚子剛做出來外酥裡嫩，一咬一掉渣和芝麻的烤胡餅，邊吃邊低聲談起此案。

玄符和玄機卻還不得閒，各自領了任務至今未歸，赤鳶則是堅持守在屋外，美麗銳利如鷹的眸子緊盯著黑夜四周……

看哪個不長眼的敢來冒犯她家阿妹。

裴行眞和拾娘深知所有的證據恐怕都會隨著時間不斷消失，或被人爲抹滅，因此他們倆今晚是沒打算睡了，只等著玄符二人帶回的消息。

拾娘本就是豪爽的性子，這些時日以來又不自覺對裴大人親近許多，所以直率地盤腿而坐，自在隨意地幫裴行眞和自己各盛了碗巧羊肺羹，便開口招呼道——

「大人請。」

「拾娘請。」裴行眞看著她笑，修長大手捧起了那碗在冬夜裡格外燙手生暖的湯羹，和她對了對碗，倒像是敬酒似的。

……這是不是有點子舉案齊眉的味兒了？

他俊美臉龐在暈黃昏暗的油燈光影下，隱隱約約透著點緋紅，自知有點羞臊，趕緊低頭喝了一口醇厚濃香滑口的羊肺羹……

羹湯裡的胡椒熱辣辣順著喉管而下，叫人的心口肚腹裡登時暖洋洋地發散了起來。

「鮮美至極。」他心滿意足地吁了一口氣。

拾娘早就埋首吃得歡，聞言抬頭笑嘻嘻道：「這驛館的廚子確實有一手，明兒我多給他一些賞錢，謝謝他這好手藝。」

他眼神溫柔地道：「明日我們一起。」

「好。」拾娘心頭怦然，忙清了清喉嚨，然後飛快撕了一塊胡餅塞進嘴裡。

「嗯，大人也趁熱吃這胡餅，可酥了。」

他含笑點點頭。

拾娘嚼著胡餅，突然想起。「——說來，崔十一郎也是幸運。」

……虧得西城牆巡守士兵記起，在當晚子時末交班前上過角樓巡視，發現一只酒味殘留的空酒壺。

西城牆大街更夫在擊鼓打更的時候，也撞見一個身形高大穿著裘衣的男人跌跌撞撞擦肩而過，月黑風高的，老更夫沒瞧見那人長什麼樣兒，但是卻聞到了一股濃濃的酒香味。

老更夫還在心裡嘀咕著，這酒鬼都快要四更天了還在外頭遊蕩，喝不死你云云……

杏花酒肆的酒保更證實，崔十一郎是在當晚亥時末親自去沽了酒的。

酒保記得他的長相，尤其對他繫在腰間的那把上等烏金木彈弓印象深刻至極。

那酒肆離李府腳程快的話也要半個時辰，倒是就在西城牆角樓隔了兩條街，按時辰和地緣推算，崔十一郎身手再好，子時前也趕不到李府。

雲來客舍值夜的堂倌也說，他沒瞧見崔十一郎什麼時候出門的，但幾時回來的倒是很清楚。

因爲那時堂倌正打著瞌睡，崔十一郎卻在外頭叫門，他急著起身要去開，睡眼惺忪地還一腦袋撞到了門板上，疼得差點罵娘了……

可一身酒氣的崔十一郎腳步有些踉蹌，還是颯爽大方地拋了一只銀角子給他做打賞。

哎喲這可把堂倌給樂開了花，忙不迭地跟前跟後地幫崔十一郎送醒酒湯，那時漏刻正指著丑時三刻……

「鄭縣離長安和萬年縣不遠，頗爲富庶，又未有宵禁，但凡十一郎沒有撒謊，查案之人只要願耐心找找，最終總能查出他行蹤的蛛絲馬跡。」他心下也鬆快許多，微笑道。

拾娘點點頭。

「也虧得此次劉尚書又撥了一支隊伍緊隨而來，玄符帶人散開來到鄭縣打探，否則恐怕還要多耽擱幾日。」

拾娘想起自己連刑部的大門往哪兒開還不知，也未曾先到刑部尚書劉大人跟前點卯，翌日大清早的就立刻隨裴侍郎趕來鄭縣查案……不知那位傳說中剛正嚴明不苟言笑的劉大人會不會惱火她？

她摸了摸鼻子，莫名有點心虛起來，趕忙正了正心神。「就怕這樣的證據到了有心人跟前，會說崔十一郎或者有飛簷走壁之技，在緊湊短暫的時間裡殺人來去如風……」

以前在蒲州辦案的時候，她也沒少見過那種證據都擺到眼前了還矢口抵賴，或者硬把活的說成死的刁民。

此案事涉盧通事舍人的女兒，這宋縣令看著又立場搖擺，像是想兩面討好和稀泥……李益更是比傳言中的還要精明狡猾，所以不得不防。

「十一郎善精彈弓，便是自幼竇夫人不讓他舞刀弄槍，怕他長大後逞起少年意氣就要上戰場去博功名、積功勛。」

拾娘聽得專注。

裴行眞低笑道：「他是竇夫人親生獨子，碰破了片油皮都要心疼得跟什麼似的……若非熬不住愛子鬧騰爭取，竇夫人也不會最後索性讓府中武師傅教他彈弓玩兒，縱能練得百發百中，也上不得戰場。所以十一郎雖身手矯健，但那種神出鬼沒的輕身功夫，他是不會的。」

拾娘摩娑著下巴。「長安勳貴子弟嘛，爹娘護得跟眼珠子似的，也是可以理解的。不過，大人原來跟崔十一郎這麼熟悉？」

「兩家尊長是世交，我們幼年亦曾是玩伴，」他微笑。「這也是我在此案中不能爲主導，而需避嫌的原因。」

拾娘信任他的品性爲人，自然不會懷疑他會在本案中處處袒護崔十一郎，而忽視證據本身。

況且崔十一郎的金彈丸遺留在命案現場，本就很難做爲定罪於他的唯一憑證。

畢竟這世上稍微有點腦子的人都想得出來，哪有兇手會大剌剌將能證明自己身分的東西故意丟在那兒，而不及時撿回去滅跡的？

若是隨身佩飾之類的小玩意兒也就罷了，還能是在行動間不小心間落下了，但金彈丸做為「凶器」，明晃晃金燦燦地擺在屍體旁，這是怕旁人眼力差發現不了嗎？

「關於此案，大人是不是心中已有懷疑之人了？」她望向裴行真。

他笑容更深。「想必拾娘和我英雄所見略同。」

「李益肯定有問題，若按玄符盯哨所發現的，那白露也跑不了干係。」她沉吟道。

拾娘在暖閣中發現那只薰香爐裡頭香燼都給清空了，內裡擦得乾乾淨淨，如此更顯得欲蓋彌彰。

但是無論那只薰香爐曾燒過些什麼，想必當時量是不小的，她湊近去細細嗅聞，還能聞出一縷頗為古怪且若有似無的香氣。

「可惜卑職對香方沒有研究。」她有些懊惱。

那些娘們兮兮的精緻功夫，她這麼糙的人哪裡有興致去學？但如今卻領悟到，何謂「書到用時方恨少」，還有「技多不壓身」了。

裴行眞溫柔含笑地看著她。「不打緊，對於香方，我略懂一二。」

她愣了愣，頓時想起他裴家高門巨閥的底蘊淵博……不禁面露喜色，激動地問：「所以大人嗅出裡頭燒過的是什麼香了？」

「……其中摻雜著曼陀羅花和鬧羊花的香氣。」

「曼陀羅花致幻，素來爲坊間宵小做迷香之用。」拾娘眼神一凜。「至於鬧羊花……難道就是民間百姓說的那一味又名『羊不食草』、『羊躑躅』的黃杜鵑？」

「是，鬧羊花味辛，性溫，有大毒，歸肝經，外敷可用於祛溼鎭痛殺蟲，但用多了量便能輕易致人於死。」

拾娘面色嚴肅，思索道：「但盧氏的七竅面容和四肢十指甚至腳趾，都沒有中毒瘀黑或透青之色，倒是喉頭有些腫脹點點的血瘢……但也符合死亡三天後屍僵軟化後的徵狀。」

「倘若她是被迷昏了後，再遭人下手殺害呢？」裴行眞低沉有力道。

她眼睛一亮，猛然左右擊掌。「我先前還在糾結，盧娘子是死後太陽穴才遭到貫穿，雖尙不知眞正死因爲何？可她屍體上卻沒有任何強烈痛苦激烈掙扎的痕跡……若是中了曼陀羅花和鬧羊花迷香的藥性，這就說得通了！」

裴行眞頷首道：「女婢蒹葭的枕頭內也有相同的古怪香氣，顯然盧氏和蒹葭都中了同一種迷香，只不過前者當晚喪命，後者則昏睡到天亮……那夜李益人在長安，那麼鄭縣李府內最有可能同時接近她們兩人且不令人起疑的，也就只有白露了。」

拾娘順著裴行眞話裡的思路走，敏銳道：「對，白露嫌疑甚重，她完全有可能先用迷香迷倒了蒹葭，自己再偷偷離開房間，到暖閣在盧氏的薰香爐內放入迷香……但盧氏爲何對她這般不設防？」

「白露容貌平平，只勉強可稱爲清秀，平常又沉默敦厚略顯笨拙，相較蒹葭的嬌媚活潑，在這段姻緣裡已成驚弓之鳥的盧娘子，或者已將她視爲貼身心腹，否則八日前她也不會支開蒹葭，卻帶著白露悄悄回長安，還賞了她簪子。」

拾娘越想越覺得他的分析有道理，沉吟道：「大人說得是，可白露身爲盧氏女婢，深知奴害主，當視爲十惡之一的大逆，亦逢大赦，也不在赦限之內，若真是她……她難道不怕死嗎？」

「她與李益私通，若教盧娘子發現了，也是只有死路一條。」

抽絲剝繭、隱隱約約間，兇手彷彿已然浮出水面……

但即便眼下白露儼然是最大的嫌疑犯，可他們還需要更多的動機和足夠的證據，才能眞正將人拘提到縣衙問案。

雖刑部有動刑審問之權，裴行眞和拾娘都不願以刑拷問，更願以罪證確鑿，讓兇手伏首認罪。

除此之外，他們都不相信李益和此案無涉……

「現在，就等玄符和玄機那邊了。」裴行眞意味深長。

拾娘只知道玄符被他派去訊問蒹葭和白露，關於金精首飾的事兒，但玄機的任務卻神神祕祕的，她只知道玄機在裴大人附耳吩咐後，笑得眉飛色舞，迫不急待騎著大黑馬就跑了。

臨走前還不忘高興地搓了紅棗的馬頭一記，惹來紅棗好一陣噴響氣兒……

「大人，我還想再去驗一次盧氏的屍首。」她吃完了手上最後一口胡餅，拍拍手站了起來，臉上不見半點稍早前的疲憊。「我總覺得我應該是漏掉了什麼？」

「不忙。」他親自爲她斟了杯碧瑩瑩的茶。「再等等。」

她眨了眨眼，陡然疑惑又警覺地瞅著他。「大人，你是不是……設了什麼陷阱等著抓耗子？」

他眉目舒展，微微一笑。「且等著瞧瞧罷。」

◆

亥時中，已近午夜，外頭寒風悽悽，還微有鵝毛飛雪無聲而落，越發凍得人夠嗆的。

此刻李府中穿著齊衰喪服的李益，臉上已沒有了稍早前一派氣定神閒的文吏氣度，短短幾個時辰內眉心間彷彿也多了幾條細紋，疲憊和煩躁幾乎掩飾不住……

「玄符大人，早前裴大人和卓參軍已經訊問過我府中上下了，怎麼現在大人又登門造訪？」李益直視著高大魁梧的玄符，隱晦的慍怒和驚畏在胸口猛烈敲擊。

「我奉裴大人之命，來問女婢蒹葭和白露一句話。」玄符面容冷肅，眉宇間是一抹收斂過的煞氣。

「莫非還有漏了什麼不是？」

「什麼話？」李益脫口而問。

玄符冷冷地看著他。「還請李主簿先把人傳了來再說。」

李益心下有些發緊……呼吸略略急促了起來，猶面色如常地道：「下官明白了，這便命人去傳蒹葭和白露來。」

「有勞。」玄符冷漠地道。

李益一頓。「……喏。」

不一會兒，蒹葭和白露齊齊忐忑地走進外院正堂，對玄符屈膝一福禮。「見過大人。」

「裴大人問，盧娘子的嫁妝中，是否有鑲嵌上金精之物？」玄符面無表情問。

蒹葭有一霎的詫異。

白露則是臉色瞬間慘白……

玄符目光銳利地牢牢盯著她，不發一語，卻令白露感覺到彷彿有柄寒刃重重地壓在自己頸項間，好似隨時就會割了她首級去！

白露連忙低下了頭。

蒹葭看著眼前殺氣騰騰的高大冷面護衛，吞了吞口水。「回大人的話，我家大娘子是有一套價值不菲的珍珠頭面，其中一支珍珠青鳥鎏金簪上，便是以珍珠爲眼，小巧如米粒大小的金精鑲嵌出青鳥的羽翼，通體靛青中透著金絲，精緻靈動，貴氣不凡。」

「除了此簪之外，可還有其他金精之物了嗎？」

蒹葭道：「大娘子的首飾衣衫都是奴幫忙打理，不會記錯的，且金精難得，便是長安幾處大胡商那兒，也不是經常都有貨的，貴女們若能得一、兩樣金精珍品，就足以在同伴間炫耀許久了。」

除非像是延光公主、衡山公主這樣的金枝玉葉，但凡有天下珍寶一到西市，就能大手筆蒐羅入囊……

不管盧氏女再如何富貴，自然也是萬萬及不上公主們的。

「勞妳去取來此簪。」

蒹葭呆了呆，隨即畏縮推拒道：「奴……奴不敢，大娘子所有的嫁妝如今都是郎君和盧府轄管之物，沒有主子們的命令，奴萬萬不敢擅自取來交出。」

「此簪或許是盧娘子命案的物證之一，裴大人和卓參軍要用以比對。」玄符黑眸冷肅。「也罷，想來妳是無法作主的，那麼便去請示過李主簿吧！」

白露忽然身子顫抖了一下，而後陡然挺直腰桿抬起頭來。「大人，珍珠青鳥鎏金簪，就是八日前我家大娘子賞給我的那支。」

四周霎時詭異地安靜了……

蒹葭不敢置信地瞪大了眼睛，氣急敗壞道：「不可能！大娘子怎麼會將那麼貴重的金精簪子賞給妳？那簪子價值不下百金，妳我都是賤籍女婢，戴了那簪子可是逾制！」

「我沒敢戴。」白露倉皇可憐地忙辯解，眼圈兒紅了。「我初始也跟大娘子推辭過，可大娘子說她賞給我，讓我收下便是，日後做個念想也好。」

「妳胡說——」蒹葭憤憤不平，妒恨難當。

「簪子在哪裡？」玄符打斷了她倆。

蒹葭胸口劇烈起伏著，漲紅著小臉，死死瞪著白露。

白露卻在此時掩面哀哀哭了起來，泣不成聲。「簪子……簪子丟了。」

「丟了？幾時丟的？在哪兒丟的？」玄符目光如炬。

白露瑟縮哽咽。「那日大娘子給了奴後……奴歡喜得很，明明知道逾越，可陪著大娘子逛曲江池的時候，還是忍不住偷偷藏在袖裡把玩，誰知一個不小心，簪子就掉進了曲江池……」

曲江池素有「曲江水滿花千樹」的綺麗美景，曲池蜿蜒遼闊，江中有島，島上有閣，乃是王公貴族文人雅士遊賞勝地。

而小小一支簪子落入其中，想找回來的困難度不異於大海撈沙。

蒹葭忍不住流露出了一絲同情，還有隱隱的幸災樂禍——

「哎喲，那妳可真沒福氣。」

白露低下了頭，肩頭輕輕顫動。

蒹葭一頓，有些訕訕然道：「我不是那個意思，我、我嘴快，妳別當回事兒。」

「奴，確實沒有福氣……」

玄符看著黯然神傷的白露，不為所動。「——所以言下之意，除了妳以外，沒有人能證明那支簪子確實是盧娘子賞妳的，也沒人可以證明那支簪子掉進曲江池？」

白露沒想到自己都這麼可憐了，眼前的護衛大人卻一點反應都沒有，只得暗一咬牙，狠了狠心重重跪了下來，膝蓋在接觸到青石地面的時候，不自禁蜷縮僵硬了一瞬……

玄符來前受過裴行眞的囑咐，特別注意白露的言行舉止，見這一幕……眸光乍然幽深了起來！

「大人，是奴沒有保管好主子賞賜的珍寶，奴有罪……」白露砰砰砰磕得額頭都青了，哭得幾乎要厥過去。

可白露預料中的憐惜和不忍場景卻沒有發生，相反的，玄符卻是繼續抱臂居高臨下看著她，半點也沒有要制止她的意思。

一旁的蒹葭看得目瞪口呆……

就在此時，李益聞聲而來了，俊雅臉龐神情鐵青。「大人，裴大人就是讓您到下官家裡來耀武揚威，欺凌我家中下人為樂的麼？蒹葭和白露都是我夫人的女婢，並非刑部的雜役，更不是裴侍郎家中奴僕，還請大人自重！」

玄符高高挑起了斜飛的濃眉，眸底意味濃厚。

白露淚汪汪地仰頭望向自家郎君，額頭上雪白肌膚此刻青了一大片，叫人看著分外怵目驚心。

「蒹葭，扶起白露。」李益嘆了口氣，眼眶微紅。「都是我這個主子不中用，才連累妳們遭受今日羞辱——」

玄符卻不是有耐性聽他粉墨登臺演一齣憐奴惜僕的好戲，毫不留情地打斷李益的話——

「裴大人懷疑殺死盧娘子的凶器不是彈丸，而是另有他物，卓參軍也在暖閣地上縫兒中找到了一小塊碎裂了的金精……盧娘子嫁妝中恰恰好就有金精鑲嵌的簪子，那簪子又賞給了女婢白露，可白露卻聲稱八日前簪子遺失在曲江池中……李主簿，您自己數數，這天下，恐怕沒有這麼多的巧合對吧？」

電光火石間，李益的臉色在暈黃紗燈下似有一晃眼的猙獰……可快如幻影而過，他隨即綳緊了面孔，端凝肅穆地道：「大人們這般推演，於外人看來，亦不過是先射弓箭再畫靶子罷了。」

玄符注視著他。

李益朗朗昂聲道：「崔十一郎的金彈丸在命案現場，尚不被視作凶器，如今不過是暖閣地縫裡撿到的一小片金精碎片，裴大人和卓參軍便能將之想像成來自真正的凶器……這才叫荒誕可笑，信口雌黃！」

而此時，蒹葭心不甘情不願地攙扶起搖搖欲墜的白露，沒留意到白露目光始終關切緊張地落在李益面上，屏氣凝神且忐忑不安。

直到聽李益振振有詞、慷慨激昂地拿話把玄符堵得無力反駁時，白露嘴角不著痕跡地露出了微微釋然的笑紋……

玄符陰沉地盯著占盡上風的李益，頸間青筋浮起。

李益被他的凜冽煞氣駭得後背心陣陣發冷，但玄符越是眉眼間越是凶狠，越有一種困獸之鬥的頹然掙扎……

李益暗暗得意愉悅了起來。

「別以爲謊稱簪子不見了，就能蒙混過關！」玄符有一絲氣急敗壞。

「若大人以爲凶器是簪子，可簪子早在八日前遺失，我夫人卻是前夜子時不幸遭害。」李益咄咄逼人。「大人若說無人可證明簪子是否當眞丟失進曲江池，那麼我也可說無人能證明我夫人的死，不是死於金彈丸……」

「你！」

「玄符大人，辦案講求證據，證據何在？」李益高聲道。

玄符氣極，一時衝動地脫口而出：「——誰說沒證據？卓參軍初驗已經發現盧娘子太陽穴上的彈丸創口乃死後傷，定有其他尖銳細小凶器先刺入腦髓之中，才造成盧娘子死亡，哼！你等以爲不交出簪子，裴大人就無法比對傷口和利器嗎？」

李益腦子嗡地一聲……

他險些錯過接下來玄符的冷然嗤笑——

「等卓參軍明日爲盧娘子開顱剖驗後，觀其腦髓受創程度，便可確認究竟是擊裂傷還是刺入傷了。別忘了，彈丸之力能擊碎太陽穴腦殼，但簪子的長度卻可以深入腦髓，一旦開顱，真相自然大白！」玄符伸出手指對著李益充滿威脅地重重一點，彷彿離弦之矢般瞬間釘在了他胸膛上！

李益瞳孔瞬間一縮，心慌意亂地大聲怒斥：「荒唐！未經死者家屬同意，不得剖驗，這條例律還是當年刑部和大理寺、御史臺三司共同擬定的，你們竟敢毀我愛妻軀體，羞辱盧家和我李家？」

「李主簿別忘了我家裴大人有上達天聽的直奏之權，」玄符諷刺之色更深，得意洋洋。「——一個時辰前，裴大人已經放飛了一隻信隼回長安。你，且好好等著罷！」

直到玄符高大身形拂袖而去，李益好半天還回不過神來，腦海中不斷轟轟然地迴響著方才玄符得意的話……

……卓參軍明日開顱剖驗……觀其腦髓受創程度……便可查明是擊裂傷還是刺

入傷……

……上達天聽……直奏之權……一個半時辰前，信隼已經飛往長安了?!

他的心臟瘋狂驚跳起來！

◆

丑時末，鄭縣大街上昏暗靜寂，陣陣刮過的寒風吹得懸掛在屋簷下的燈籠劇烈搖晃，光影明明滅滅……

一個纖弱的身影提著燈來到了驛館門前，頓了頓，而後忽然激動地猛拍起大門——

「開開門啊……奴來報案！」

驛館的驛兵從裡頭打開了門，罵罵咧咧。「三更半夜吵什麼吵？要報案報官就去縣衙找縣太爺，這裡是驛館！」

白露凍得臉色發青，驚慌哀求道：「奴想找裴大人……奴、奴是李主簿家的女婢，裴大人是知道的，求您幫忙奴稟報一聲，就說奴發現兇手是誰了……特來求裴大人為我家大娘子做主！」

驛兵神色一凜，也不敢耽擱，忙把人領了進去，讓其他驛兵幫著看管住了白露，而後他親自去求見住在後院驛舍中的裴大人了。

拾娘聽見了外頭的動靜，霍地起身。「大人？」

「女婢白露發現兇手是誰了？」裴行眞深邃眸光一閃，似笑非笑。「——嗯，倒是比我想的還要聰明，想來玄符話已經帶到了。」

拾娘不明白。

「我讓玄符藉著向蒹葭白露訊問金精一事，假作說溜了嘴，說妳明日一早要開顱剖驗盧氏。」

拾娘眼神亮了亮。「大人這是想引蛇出洞？」

「是，且看來引出的還是同一窩的蛇。」他微微一笑，也優雅地起身撫順了順衣襬上因坐姿而產生的一絲兒褶皺。

拾娘看著他氣度雍容溫潤如玉的範兒，總覺裴大人這不是要出去辦案，而是要去赴什麼長安百花宴……

「走吧，」裴行眞對她溫柔笑道，不忘叮囑：「披上大氅，外頭冷。」

她心下一怦，有些赧然不自在地清了清喉嚨。「喔，大人也是。」

赤鳶則是早就把大氅捧來，小心翼翼地給自家阿妹繫上。

拾娘咧嘴一笑。「赤鳶阿姊，謝啦，可我沒那麼嬌弱的。」

赤鳶只是拿「女大不中留」的眼神瞅著她，搖了搖頭。

「……」拾娘眨眨眼——啥意思？

他們一頎長俊美一高䠷冷艷，連袂而出，身後還跟著個威風凜凜、美艷煞氣的紅衣女郎……

來稟的驛兵一刹那間都給看呆了。

——眞不愧是長安來的大人們，瞧瞧這氣度！這風華！

跟大人們一比，他們長得簡直跟地裡的倭瓜似的……

而胡亂裹了件厚厚披風的白露神情憔悴倉皇不已，看見裴行眞等人時衝動地搶步上前，膝蓋那一霎的笨拙越發明顯——

「裴大人，卓參軍，奴、奴看見殺我家大娘子的兇手了……」

裴行眞和拾娘迅速交換了個意味深長的目光，而後裴行眞故作急促狀地追問道：「是誰？」

「是……是蒹葭……」白露嘴唇顫抖，哭了出來。「沒想到眞的是蒹葭妹妹。」

「妳慢慢說，究竟是怎麼回事？」

白露啜泣著。「——奴今晚想著大娘子不幸離世，奴卻連她賞的簪子都弄丟了，心裡難受得厲害，輾轉反側，怎麼也睡不著。」

拾娘心知自己此刻應該露出同情之色，但她向來直來直往，聽了這話也只能勉強保持住面無表情，而不是嘴角抽搐。

裴行眞卻是眉眼神情間，始終專注而眞誠，還一副頗能理解地輕輕嘆了口氣。

白露彷彿被他這一聲嘆息鼓舞和撫慰了，忍住淚水急急續說道：「——就在這時，奴發現蒹葭悄摸摸兒地起身燃了香，那香氣甚是古怪，奴忙用被褥捂住口鼻，等了一會兒……就、就聽見蒹葭在叫奴的名字，奴自然不敢應……再後來，便聽得她輕輕開門出去了……」

「妳可有跟上去？」拾娘問。

白露擦著眼淚，悄悄地從衣袖縫兒偷看他倆，吸了吸鼻子怯怯道：「奴、奴本來有些害怕，可想著蒹葭的舉止這般怪異，不知會不會與大娘子的死有關……大娘子生前便跟奴提過，蒹葭仗著嬌俏機靈，總是喜歡湊到郎君跟前，大娘子自然不喜，卻也不忍苛責，但也是一天天對蒹葭疏遠了。」

「所以八日前，盧娘子這才選擇帶著妳回長安，卻把蒹葭遠遠打發去寺裡取平安符？」裴行眞沉吟。

「想來是這樣沒錯。」白露恍然大悟，面上悲色更深。「就算大娘子疏遠了她，她也不該對大娘子起了壞心……」

「妳如何確定蒹葭對盧娘子生出惡念？」拾娘皺眉。

白露蒼白著臉。「奴稍早前跟蹤蒹葭到了暖閣，只見蒹葭偷偷在暖閣內燒紙，嘴裡還唸唸有詞，說讓大娘子不要怨她，說她愛慕郎君已久，可大娘子卻霸著郎君，連小日子來時，該安排通房服侍郎君也不肯……白白浪費了她的好顏色，還說……」

「她還說了什麼？」裴行眞銳利地注意到，白露那越說越亢奮發紅的雙眼。

「還說，大娘子自己是隻下不了蛋的母雞，偏偏還阻著郎君納妾，簡直想斷了郎君的子嗣香火……」白露雙手不斷交纏握緊，胸口劇烈起伏。

拾娘高高挑起了眉。

裴行眞對拾娘不著痕跡地眨了眨眼。

白露兀自沉浸在情緒中，喃喃重複道：「她說，她恨大娘子……所以故意在暖閣香爐裡放了大量曬乾的曼陀羅花和鬧羊花，把大娘子迷暈過去後，就偷偷拿出了金彈丸，把它放在大娘子太陽穴上，狠狠用小槌子敲了進去，然後……然後她再把金彈丸挖出來扔在一旁，眼睜睜看著大娘子流血而死……」

白露說得彷彿身臨其境，臉色是害怕的，血紅的雙眼卻是透著隱隱約約按捺不住的狂熱……

這下拾娘不用裴行眞提醒，也清楚地看出了這名女婢的不對勁——

白露的話中假裡摻眞，眞裡摻假，在說到用曼陀羅花和鬧羊花將盧娘子迷暈過去時，她的臉上有一絲稍縱即逝的得意，語氣高昂了一瞬。

而提到以小槌子將金彈丸往盧氏太陽穴敲擊而入時，她的語氣顯得平鋪直述，彷彿是照著臺詞唸出，目光卻低低下垂，不叫人看見其中的隱晦……

「妳能深夜來報，很好。」裴行眞陡然語鋒一轉，犀利問：「可妳如何讓本官和卓參軍相信妳的說詞？」

白露好似早就設想到了他會有這樣的質疑，顫抖卻勇敢地挺直了身軀。「奴在來的路上，也擔心過此番來報官，大人們定會懷疑上了奴，可奴深受大娘子之恩，不能眼睜睜看著她被人加害，奴卻為了保全自身而當作沒這回事……」

「確是忠僕。」裴行眞沉默了一下，慨嘆道。

拾娘瞅著身旁的裴侍郎大人，眞覺得他這唱念作打的功夫沒去登臺作戲太可惜了。

「妳既然今晚無意間發現蒹葭就是兇手，為何沒有第一時間跟李主簿稟報？」拾娘抱臂盯著她，表情嚴肅清冷。「從李府到驛館也得有小半個時辰，妳便不怕來報案的路上耽擱了時間，讓蒹葭回屋後一發現妳不在，她就自知暴露地逃了嗎？」

白露面上倉皇不安的神色一下子眞實了七分，顯然沒想到卓參軍在聽完她的證詞後，不急著趕到李府去拿人，反而還捉住了她話中的漏洞……

事發倉促，她在腦中演練了數遍的說詞，竟在此時全都卡住了！

「奴，奴……」白露死死地掐握住了藏在袖中的虎口，逼迫自己冷靜下來，頓時又哭了。「奴也不知道……奴想必是太害怕了……奴、奴頭一個念頭就是要報官，其他的當眞顧不得了。」

拾娘好整以暇地摸了摸下巴，淡淡道：「好吧，妳要這麼說也是可以。」

一旁的裴行眞險些笑了出來，雖然未曾先跟拾娘打過埋伏，但拾娘卻是和他默契十足，察覺得出他刻意在配合白露的拖延時間，所以也不忙著雷厲風行地去往李府抓蒹葭回來審問，反倒拿話逼得白露招架不住……

「妳說蒹葭邊燒紙邊自陳，盧娘子是被她用金彈丸搥死的，那金彈丸又是從哪裡得來的？李郎君當初被崔十一郎捆去勝業坊的時候，不是只中了他一枚金彈丸嗎？那這第二枚金彈丸又是從何而來？」拾娘咄咄逼人地追問道。

白露有些不安地道：「奴，奴也不知……不過奴大膽妄猜，蒹葭會不會與那崔十一郎私下有勾結……也許那金彈丸便是崔十一郎給的，爲的就是讓她故布疑陣……」

「然後把自己給坑進去？」拾娘挑眉。

——事到如今，還不放棄把崔十一郎給拉下水？嘖嘖。

白露瑟縮，淚汪汪道：「奴……奴當眞是胡亂猜的，可若大人們能拿住蒹葭，必定可以知道這其中詳情，奴如今什麼都不求了，只求大人們爲我家娘子伸冤，別讓兇手逍遙法外……」

拾娘和裴行眞交換了一個眼神。

「好，我們這就跟妳去捉人！」裴行眞道。

白露一臉感激涕零，抹了把眼淚，顫抖地道：「奴、奴也要一起嗎？」

「妳報的官，自然是一起。」裴行眞微笑。「還是，妳這個報案的證人不敢當面與蒹葭對質？」

「奴自然敢對質！」白露慷慨激昂。

裴行眞不忘吩咐了驛館守兵去縣衙調派衙役隨後跟上，還有通知宋縣令嚴封城門，就是怕萬一蒹葭知道事跡敗露後逃了，以方便全城搜索。

如此一來，大批人馬都緊急離了縣衙……

白露被安置和赤鳶同一馬，她本能畏懼地緊緊抓住了馬鞍，完全不敢回頭看身後那冷冰冰殺氣騰騰的美麗女郎。

總感覺身後的不是人，而是柄鋒利無比寒光沁骨的刀……

◆

他們一行人浩浩蕩蕩快馬越接近李府，忽然看見黑夜中前方濃煙滾滾，四周已經有鄰里驚呼喧鬧吵雜聲，像是有人高喊著「走水了」、「快救火」云云……

裴行眞臉色微變，不著痕跡地回首瞥了赤鳶馬上的白露。

女子低垂著頭，依然弓背縮肩。

眾人急急下馬，隨後趕到的衙役也急忙忙加入了救火的行列，拾娘一動就要衝入，卻被赤鳶和裴行眞同時牢牢按住了左右肩——

「我得進去救人！」她回頭蹙眉。

「這麼大的火，想必是被人特意澆了油。」裴行眞凝視著橘紅色火光烈焰遍布眼前，若有所思。「果然無毒不丈夫，此人比我想像中要狠戾果決多了。」

「裴大人，我們難道就站在這兒什麼都不做嗎？」拾娘有一絲心急，雖然知道裴行眞從不打沒把握的仗，但是眼前這動靜實在太大了，無論再多的物證和人證也都隨著大火焚之一空……

況且蒹葭還在裡頭！

白露滿臉都是驚慌和焦慮，喃喃道：「怎麼辦？怎麼會發生這樣的事？難道蒹葭發現了……乾脆放火燒屋逃走了？」

就在此時，一個熟悉的女聲氣憤又冷硬響起——

「妳想得美！」

白露猛然回頭，這次是真的驚恐地瞪大了眼。「妳……妳居然沒有……」

蒹葭嬌美的臉龐滿滿恨意。「我怎麼沒死，是嗎？」

白露僵硬了一霎，隨即落淚道：「明明是妳想害我未遂，蒹葭，妳不要再執迷不悟了！大人他們都知道了，妳還是自首吧！」

「妳這個賤人，到現在還想污衊我，想把我變成替死鬼？」蒹葭咬牙切齒，若非在眾人面前，她直想衝上前狠狠掐死這個人面獸心的東西。「——妳晚上把我騙去暖閣打暈了我，還在暖閣外頭潑遍了油，妳存心想燒死我！」

「妳胡說八道些什麼？」白露哭得更厲害了。「如果事情當眞如妳說的那樣，我打昏了妳，妳又怎麼會知道是誰在外頭潑油？」

「是玄符大人救了我，否則我也不會親眼目睹妳想燒死我！」蒹葭大叫。

高大森冷的玄符悄然出現在蒹葭身後，目光宛如猛獸般盯著白露。

若換作是尋常人，在這樣犀利可怕的眼神下早就意志崩潰了，但沒想到白露看似單純駑鈍，沒想到心智堅韌過人。她楚楚可憐地搖著頭，淚眼迷濛地道：「我沒有……我沒有……」

「我相信我的護衛。」裴行眞清冷地道：「白露，到如今妳還不準備招嗎？」

白露身形一晃，險些膝蓋一軟，下意識地捂住小腹，卻在瞬間彷彿又獲得了某種強大的力量，促使她深深吸了一口氣，堅定地昂首道——

「如果大人今夜想屈打成招的話，奴死也不服！」

「妳懷孕了。」始終像個魅影般隱身在拾娘身後的赤鳶忽然開口。

白露面色刷地慘白了……「胡、胡說！」

「大約三個月有餘，」赤鳶不開口則已，一開口簡直石破天驚。「再過大半個月就藏不住了吧？」

全場不只白露震驚，蒹葭不敢置信……就連裴行眞和玄符也訝異地望向赤鳶，倒是拾娘摸了摸鼻子，對於赤鳶阿姊的本領向來是信服的——

「赤鳶阿姊的阿娘是草原上的大巫，連接生都是一把好手，赤鳶阿姊跟在大巫身邊耳濡目染，看過的孕婦沒有千兒也有八百，想來不會看錯的。」

裴行眞敬佩地對拾娘道：「卓家軍果然臥虎藏龍。」

「那是那是。」拾娘冷豔的臉龐難得眉開眼笑起來，與有榮焉道。

裴行眞看著她這副破天荒軟萌可愛的小模樣，情不自禁跟著笑了，心頭也軟得一塌糊塗。

「你們胡說！」白露恐慌地尖叫了一聲，猶作困獸之鬥。

「胡不胡說不是由妳說了算，」裴行眞看向她，眼神冷了下來。「何況妳的破綻不止這一點。」

白露死死瞪大了已然隱隱布著血絲的眼，嘴硬道：「裴大人想置奴於死地，奴當然做什麼都是錯……」

「妳受傷的那隻膝蓋，是跪坐在暖閣榻上被螺鈿給壓印出來的傷吧？」他淡淡然道。

白露踉蹌後退了一步，又勉強穩住了身子。「奴、奴眞的聽不懂您在說什麼……」

「我今日初見妳和蒹葭的第一眼，就看出了妳膝蓋有新傷，卻極力假裝行走正常；如果是正常人在正當情況下受的傷，走路不便乃天經地義何須隱藏？可妳卻試圖掩人耳目，這就不尋常了。」他眸光深邃犀利。「——所以當時，我便疑心上妳。」

白露恐懼地瞪著他……眼前這男人，是人還是妖孽？

「暖閣那張榻的大小尺寸，坐臥之處工匠自然打磨得平滑溫潤，但榻的寬四邊卻鑲嵌著各色蒔繪螺鈿……」他意味深長地看著白露。「妳用迷香迷昏了盧娘子，爲了製造她是在榻上坐著被金彈丸擊中的假象，妳得跪在上頭高高舉起手用力往下貫插，才能一擊必中地插進盧娘子的太陽穴中。」

眾人聽得無不倒抽了口涼氣！

白露察覺到四周圍觀了越來越多的人，有左右鄰居，有原本該救火的衙役……她腦子亂哄哄成了一團，完全沒發現異狀，只是心慌意亂神情恍惚地搖著頭，嘴裡不斷重複：「不、不是我……你……不可能……」

「妳膝蓋上的瘀痕是新舊，約莫多久前落下的，尋個大夫一看便知。」裴行眞負手，慢條斯理道：「以及妳有無身孕，胎象幾月，同樣能一事不煩二主，由大夫來號脈就明明白白了，不是妳空口白牙就能抵賴的。」

白露臉上蒼白灰暗的驚懼之色離奇地漸漸褪去，忽然露出了一抹滲人的笑容來。「我承認我懷了孕，膝蓋上也有瘀痕，那又如何？裴大人有證據證明是我殺害我家大娘子的嗎？」

「妳現在是不是在想，凶器簪子已經不在了，在此同時，縣衙中盧娘子的屍體恐怕也已經被毀去，我們就算有再多的懷疑推斷，只要沒有人證物證，妳和李益就能逍遙法外是嗎？」

「你怎麼知——」白露強自忍住了驚問，緊咬牙關冷笑道：「奴是我家李郎君的女婢通房，即便懷了庶長子也不違唐律，正所謂不孝有三無後爲大，奴爲李家綿延子嗣香火，奴沒有犯法。」

蒹葭簡直被她的無恥氣笑了。「妳這個叛主的東西！還敢說是要爲李家綿延子嗣香火，妳是大娘子的人，是盧氏的奴，不是李家的狗！」

罵得好！

拾娘聽得心下大暢，都想幫眼前這俏麗女婢鼓掌了。

白露神情高高在上，冷漠地道：「蒹葭，妳不過是在忌妒我，我得了郎君的心，可妳只是個下賤卑微永不翻身的奴。」

「妳——」

就在此時，縣衙方向忽然響起了鳴炮火號！

眾人不約而同齊齊好奇訝然地望了過去……

「引蛇出洞，甕中捉鱉，」裴行眞微笑。「成了。」

白露的癲狂倨傲在這一剎那驀然僵硬住了，她腦中莫名掠過了股濃濃的不祥預感……

裴行眞回頭，似笑非笑地注視著她。「妳以爲妳燒了暖閣，就能把那張榻還有蒹葭以及裡頭的所有證據都燒毀，可我既已派了玄符出動，又怎麼會讓妳成功用油燈做引、燒去暖閣？」

白露瞳孔暴縮，失聲尖叫。「不！明明走水了——」

「我讓玄符改燒柴房，不起這一場大火，不順著把大半衙役都叫來捉人救火，李益又如何敢『高枕無憂』？敢安心潛行進縣衙動手？」

白露臉上血色消失得乾乾淨淨，蒼白的手緊緊捂住隱約抽痛起來的小腹，只覺眼前一片發黑……

第十章

翌日　鄭縣縣衙大堂

鄭縣父老爭相齊聚擠圍在大堂外，搶著占上最好的位置，看來自長安的刑部大官兒要斷案了——

「讓讓、讓讓，給老頭子蹭一眼。」

「別擠，這地兒就這麼點大，你這老頭想擠到哪裡去？給你擠進去一起跪公堂好不？」

「你們別吵啦，快看，跪在上頭的除了那個叫白露的以外，另外那幾個，怎麼瞧著有些眼熟呢？」

「哎喲，這不是李主簿和他那個長隨秋鴻嗎？」

「看！另一邊還跪著兩個眼生的娘子……一個徐娘半老卻是風情萬種，另一個小娘子白得跟那剝了殼的雞蛋似的，嘖嘖嘖……」

「閉嘴！大人要開堂了！」

坐在縣太爺問案大位上的卻不是裴行眞，而是「主審大人」卓參軍。

裴行眞果然按照出發來前說好的，他坐的是師爺的位子，而苦著臉的宋縣令等人則是依次坐下。

宋縣令看著底下的李主簿，只覺自己頭上的官帽也搖搖欲墜即將不保……

另外一端坐著的則是面色難看的盧誌和憔悴的盧夫人，還有盧家大郎。

他們天剛亮就被刑部的人上門「請」來了鄭縣，說是女兒的命案破了——

盧誌心情複雜晦澀至極地看著堂下跪的李益，腦中有千百個念頭萬馬雜沓般紊亂而過……

本來他還顧慮著，是不是該爲了那霍王寶藏而想辦法暫且保下李益，但當他親眼看到淨持和女婢浣紗也跪在另一列，目光冰冷如刃地直勾勾盯著李益不放。

電光火石間，多年來遊走朝政心思縝密老辣的盧誌剎那間醒悟，心口一涼——

難道，眞是中計了？

淨持彷彿覺察到他憤懣怫鬱的眼神，抬起頭來，風韻不減的艷容對著盧誌勾唇一笑。

盧誌神色陰沉，心下越發沒個底了。

向來英俊從容斯文的李主簿此刻臉色白得厲害，卻依然試圖垂死掙扎。「裴大人，卓參軍，宋縣令，關於昨晚的事，下官可以解釋。」

「你偷偷潛入停屍班房，手中拎了一罐桐油潑在盧娘子的屍體上，還取出火摺子……」拾娘已經聽過埋伏在停屍班房樑上暗處的玄機，一一敘述完情況，忍不住把驚堂木重重一拍。「不是心虛想毀屍滅跡，難不成還想爲盧娘子舉行火葬？嗤！這話你若說出來，看全場所有鄉親百姓哪一個會信你的鬼話？」

「什麼？」盧誌不敢置信地猛然起身，殺人般的目光死死射向「女婿」李益。

「你、你昨夜竟然——」

盧夫人聞言也險些厥了過去。「我的兒啊……」

盧家大郎慌忙扶穩了母親，噙淚急急低喚：「阿娘，妹妹屍身沒事，大人們及時阻攔住了。」

盧夫人緊緊揪著兒子的衣袖，熱淚奪眶而出，咬牙切齒道：「不能放過那個、那個畜生……」

「阿娘，您放心，兒子和阿耶絕對不會放過他的！」

鄭縣父老鄉親們也鼓譟聲四起——

「對對對，卓參軍說得太有道理了！」

「就是說嘛，我們只是不識字，又不是沒腦子！」

「不是作賊心虛的話，李主簿做什麼這樣偷偷摸摸？還是要燒掉自己娘子的屍體，他有沒有良心啊！」

「可憐盧娘子年紀輕輕就……唉，盧大人一家得承受這喪女之痛，著實令人噓唏啊！」

李益被這些粗俗的販夫走卒議論紛紛得臉色迅速惱怒難堪地漲紅了起來。「下官沒有！岳父岳母容稟，小婿絕對不是惡意焚燒娘子的屍體，小婿——」

「你還想做何狡辯？」拾娘挑眉。

「下官……下官只是不忍愛妻的屍體慘遭橫死後，還得被殘忍開顱剖驗。」李益滿心痛楚，語帶哽咽地道：「我娘子生前那般珍惜自己的容顏，她又是出身長安盧氏的高門貴女，怎能像牛馬牲畜那般被人宰割？」

盧夫人又忍不住掩袖心碎地嗚咽了起來。

盧誌一時間又像是蒼老了不少，連腰背都有些挺不直。

鄭縣父老鄉親聽著聽著，也有些同情起來，小小聲交頭接耳——

「李主簿說的好像也沒錯呀！」

「還開顱剖驗，那不是讓人死無全屍嗎？」

眼看風向彷彿有一絲絲要被李益帶動的跡象，拾娘暗暗咬牙罵了句粗話！

——他娘的，最煩這些奸詐狡猾巧舌如簧的東西！

「開顱剖驗猶可復原死者生前容貌，日後交由家屬盡心體面下葬，可若是一把惡火燒了，那就是挫骨揚灰……」裴行眞不疾不徐地開口，嗓音低沉而清朗，猶如晦暗黑霧中的一記暮鼓晨鐘，金石鏗然振聾發聵。「……李主簿，你當眞很『鍾愛』你的妻子麼？」

此話一出，所有人瞬間恍然大悟——

「對啊對啊，放火燒屍更加殘忍可怕，李主簿這是……這是跟他娘子有仇吧？」

「姓李的狼心狗肺啊，這種事他都下得去手？」

盧誌一震，大手死死掐握成拳。

——李、益！

李益見狀心下狠狠一顫，面上依然強撐著怒目而視。「岳父大人，您莫中了裴大人的挑撥離間……也請裴大人愼言！」

「你才閉上你的狗嘴！」拾娘聽不下去了，痛斥道：「罪貫滿盈還死不悔改，來人，上證物一！」

「喏！」玄符威風凜凜地呈上一只木盤，上頭是一支明亮璀璨流光溢彩的簪子。

拾娘用帕子捻起了那支簪子，頹然跪在地上的白露越發面如死灰……

「……以珍珠爲眼，小巧如米粒大小的金精鑲做青鳥羽翼，通體靛青中透著金絲。」拾娘道：「方才蒹葭已然確認過，但爲求公允清正起見，也請盧夫人您來辨認一二，這可是妳家女兒的嫁妝之物？」

盧夫人顫巍巍地起身走了過去，在看清楚的瞬間不自禁淚水決堤。「嗚嗚嗚……是……是我兒的嫁妝寶簪沒錯……」

「盧夫人節哀，請回座。」拾娘嘆了口氣，而後嚴肅地對白露道：「——這便是妳宣稱丟失在曲江池的珍珠青鳥鎏金簪，儘管被仔細清洗過簪身，可金精和金精鑲嵌縫隙處，猶殘留絲絲血肉，其中羽毛間確實也掉了一顆金精。」

正是稍早前拾娘在暖閣青石縫中挖出的那枚碎片之一。

白露哆嗦著唇，卻什麼也辯駁不出。

「妳今夜把這簪子和昏迷的蒹葭放在一起，放火燒暖閣，一是爲了燒毀人證物證和案發現場，二是爲了引來我們，好讓李益有機可乘，潛入停屍班房燒屍，免得明早我和裴大人當眞爲盧娘子開顱剖驗。白露，妳認不認罪？」

「賤婢！妳竟敢——」盧夫人目眥欲裂。

盧誌按住激動的夫人，雖然連他自己都想撲向前狠狠撕碎白露這背主賤奴，可他也沒有忘記裴侍郎就坐在堂上，雖然只是靜靜地看著卓參軍審案，卻自帶一股龐大的威勢爲她壓陣……

——而裴行眞，可不是好得罪的。

若沒有十足的把握，千萬別賠了夫人又折兵，眼下霍王寶藏一事撲朔迷離，淨持的出現，還有李益……

盧誌想到李益手上私藏的烏絲瀾綢，目光諱莫如深。

白露絕望害怕又哀戚地望了李益一眼，淚如雨下。「郎君……」

李益閉了閉眼，忽然滿面痛苦地看著白露。「原來是妳……露兒，我早就跟妳保證過，我一定會想辦法讓娘子答應妳做妾……讓娘子允許妳留下這個孩子，可妳爲什麼不相信我？爲什麼要殺了娘子？露兒啊露兒，我心裡是有妳的，妳若能再忍上一忍……」

「郎君你……你……」白露發抖得更厲害，她再癡心再義無反顧、飛蛾撲火，可這短短的眼神交觸瞬間，也終於領悟了她心愛郎君的意思……

棄車保帥。

李益不怕白露會攀咬出自己，他深知這個低賤的女婢自從得了他的青睞後，便對他愛戀萬分無法自拔，連命都可以交給他。

所以，她一定會爲他擔下這所有的罪咎。

李益又不著痕跡地看了上座的盧誌一眼，口型略略無聲說了「霍王」二字。

盧誌握緊了緊拳頭，呼吸急促了一瞬。

白露想著方才心愛之人眼中的乞求和心痛，不禁淚流滿面，半晌後，嗓音破碎沙啞地喃喃道：「是，裴大人稍早前推演的都對，娘子確實是我用迷香迷倒後，在暖閣用簪子刺死她，再用金彈丸僞造出是崔十一郎下的手，這一切都是我做的。今晚的種種……包括郎君、郎君來燒娘子的屍體，也是我用腹中孩兒威脅他。我，全都認罪。」

「果然是妳這賤婢——」盧夫人又狂躁了起來。

李益忽然牢牢捂住了俊臉，眼淚從指縫中滲出。「露兒……妳這又是何苦？」

拾娘看著這一幕，噁心得都想暴起打死這個裝腔作態的混蛋！

可她此刻是審案的主官，偏偏不能動粗……

眾人眼前忽地一花，還沒看清楚眼角餘光稍縱即逝的影子，下一刻就聽見響亮啪地一聲！

而後就是李益痛得在地上打滾，右邊臉頰已經肉眼可見地紅腫得老高，幾乎快滲出血來。

李益哇地吐出了一口血和一枚牙齒，劇痛又驚恐憤怒萬分，含糊不清地高喊：「誰？是誰打本官？你們……你們公堂之上居然……濫用私刑……」

「哦，那誰打你的，指一個出來看看？」拾娘強憋住笑，做出官腔官調來。「本參軍定然秉公處理。」

「我……」李益驚怒又茫然四顧。

赤鳶望著天，默不作聲。

玄符保持面無表情。

玄機一臉莫測高深，只袖手在後，微微搓了搓指節。

——唔，衝動了，不過還是打輕了。

裴行真眸底掠過了一絲笑意。

鄭縣鄉親百姓們則是個個搖頭，眨眨眼表示沒看見，也確實沒看見嘛！

宋縣令更不用說了，他眼力更不好，而且如今座上哪個都比他官大，他敢說啥？

盧夫人和盧家大郎對李益更是恨之入骨，盧誌雖然也巴不得親手把李益抽筋剝骨，但想到了那烏絲爛綢和霍王寶藏，還是心口火熱了起來，謹慎而遲疑地開口道——

「裴大人、卓參軍，公堂之上確實容不得私刑胡鬧，本官也想弄清楚才是眞正殺害我女兒的兇手，但尚未有確鑿證據證明李益的罪之前，還請大人拘管堂上一二。」

盧誌沒能清楚看見適才適誰動的手，但他心知肚明堂上也唯有裴行真和卓拾娘身邊的護衛有這樣驚人的武力。

李益當然該死，但要在他交出烏絲瀾綢後。

「對!下官沒有犯法，你們誰都不能這樣對我!」李益得到了岳父的支持，頓時又挺直了腰桿，昂然倨傲道。

「主謀者，和殺人者同罪，皆處斬刑。」裴行真注視二人，目光冷厲且語帶譏誚。「……盧大人如此愛護女婿，甚至勝過一片愛女之心，裴某今日也算是長了見識了。」

盧誌一凜。

李益則是在裴行真的眼神下一瑟縮，打了個寒顫。「下官……不是主謀……下官……」

裴行眞轉望向心如槁木死灰的白露，低沉有力道：「白露，妳爲了掩護心愛的郎君，甘願引罪上身擔下一切，可妳爲腹中孩兒考慮過沒有？」

白露像被當頭棒喝，晦暗無光的雙眼乍然有一小簇火苗復起。「孩……孩兒？」

「妳自身死罪難逃，可腹中孩兒何辜？」裴行眞平靜溫和地道：「這孩子已經在妳腹中三月有餘，再過幾個月便能瓜熟蒂落，睜開眼看見這人間世界……不論是男娃女娃，都會哭會笑，能嚐這俗世百味、酸甜苦辣、煩惱歡喜；可讀書習武，做他／她想做的事，日後成家立業生兒育女，努力求得一生圓滿。」

白露聽得癡了，她彷彿已經看見了腹中胎兒變成一個白白胖胖的小娃娃，粉妝玉琢牙牙學語，慢慢跌跌撞撞……長成了清秀如亭亭翠竹的少年或少女，而後光陰似箭歲月如梭，少年或少女變得更高了，無論耕讀織布，還是成婚嫁娶……

她的孩兒都活得好好兒的。

「孩子……」白露輕輕地低下頭，瘦損憔悴的臉上浮現了濃濃的慈愛憐惜之色，溫柔地撫摸著小腹。「對，我罪該萬死，可我的孩兒是無辜的，我不能連累他跟我這個不爭氣的娘一起死。」

「唐律中，若犯婦身懷有孕，過後有悔意，且願意從實招來者，能允犯婦誕下孩兒後餵養三個月，斷乳後再行秋決。」裴行眞並不可憐白露，但他卻悲憫那條小生命。

「露兒，妳不要聽他——」李益臉色大變，終於知道裴行眞想幹什麼了?!

「裴大人，我招。」白露截斷了李益的話。

此時此刻，她做爲一個母親的愛，終於凌駕過了對李益那滿腔癡男怨女的癡情，鄭重地對著裴行眞和拾娘磕了三個頭。

「白露，妳莫信口雌黃，妄圖撒謊脫罪！」李益就要撲過去阻止她。

下一瞬，一枝寒光凜凜的箭穿過李益的衣領，將他整個人往後深深釘倒在地上！

赤鳶緩緩將弓收回背後，冷冷道：「下一箭，就是心口。」

這一招，瞬間博得堂上和門外大家夥兒的滿堂喝彩……

「這位小娘子箭術好生了得！」

「活該，就該把他牢牢釘死……這沒天良的東西！」

玄符和玄機互覷了一眼——嗯，這才叫狠角色。

在一片熱血沸騰歡樂鼓舞聲中，拾娘雖然也很爽快，但還是礙於主官之職，意思意思地拍了兩下驚堂木提醒一二。

「靜靜！靜靜！參軍大人還要問案呢！」玄機也一旁吆喝。

白露彷彿對這一切毫無感知，手緊緊貼靠在小腹上，想著腹中的孩兒，越發勇氣倍增——

「——郎君在日前得到了霍小玉的三尺烏絲爛綢，發現其中可能藏有霍王寶藏的線索，又早已厭倦娘子的驕氣和盧府的處處掣肘，便設下這一串計謀，一方面想獨得寶藏，徹底擺脫盧氏和盧府……一方面，也是想報復讓他顏面掃地的崔十一郎和霍家女郎。」

被衣領和弓箭定在了地上的李益掙扎著想辯駁大喊，可他一想到赤鳶方才的警告，霎時再度冷汗溼透了後背心，腦中只能瘋狂地想著脫困之計。

「奴有了郎君的孩子，又奢想著能光明正大地做郎君的妾室，一輩子陪在郎君身邊，」白露黯然道：「所以便甘願爲郎君所使。那日夜裡子時，娘子在暖閣內翻找郎君臨行前故意說漏嘴的烏絲攔綢的藏匿之處，奴則悄悄戳破了紗窗，放入迷香……再後來，奴殺了娘子，布置好一切，就等隔日郎君從長安歸來，『發現』娘子的屍體。」

「那金彈丸從何而來？」拾娘問。

就在此時，始終跪在一旁不說話的秋鴻忽然抬頭。「是郎君讓小人去勝業坊尋浣紗，跟霍家女郎哄騙來的。當初崔十一郎見義勇爲後，給了霍家女郎一枚金彈丸，只說日後若有什麼事需要他幫的，可持此物爲憑證。」

李益聞言又驚又怒，不知哪來的力氣死命掙扎起來，只聽衣帛撕裂的聲音過後，就見他衣領裂了一道大口子，人卻掙脫了那根猶深釘入土裡的羽箭——

「秋鴻，你敢背叛我?!」

秋鴻顫抖了一下，可他看著滿眼血絲猙獰的李益，不由哽咽道：「郎君，求您別一錯再錯了，當初您已經對不起霍家女郎，後來又對盧娘子打罵折辱不斷，在知道烏絲闌綢的祕密後，霍家女郎想求您把它還回去，好讓淨持娘子日後有靠……您卻假稱烏絲闌綢不小心燒了，郎君，那不是您的東西啊！」

「住口！」李益怒斥，激動地道：「那怎麼不是我的東西？小玉送給了我，無論裡頭有沒有隱藏著霍王寶藏，那就是我李益的所有物，誰都休想來染指！」

盧誌大怒，霍然而起。「李益，你是不是從始至終都沒打算——」

「是！」李益眼見情勢惡化至此，他也豁出去了，冷笑一聲。「岳父大人，你口口聲聲心疼自己的女兒，可為了霍王寶藏，我如何對待盧氏，你還不是冷眼旁觀坐視不管？當初為了嫁女，你盧家非以萬金為聘不可，我李家為了娶你家的貴女，至今仍債臺高築……所以若真有霍王寶藏，那也是小玉給我的定情之物，也是我李益應有的補償！和你盧家什麼相干？」

「豎子可恨！」盧誌指著他的鼻子氣急敗壞痛叱道：「你一個李氏落魄子弟，能得我盧誌下嫁愛女，已是蒙天之幸，誰知你竟不感恩圖報，反而狼子野心，聯合這個賤婢殺我女兒，還將我——將我——」

……一句「將我騙得團團轉」最終還是沒敢罵出口！

那畢竟是牽動聖人和朝廷敏感隱晦的祕事，一個弄不好，盧家落下個意圖染指霍王寶藏，是否圖謀不軌的滔天罪名，恐怕盧家全族都得株連獲罪。

盧誌是想偷偷地咬下這一大塊肥美無比的肉，可也不想爲了這筆巨財弄得闔族家破人亡。

「若不是你自己貪心，我這位卑言輕的女婿可騙得了你？」李益嗤之以鼻。

盧誌臉上一陣青一陣白，最後漲成了幾乎逼出血來的赤紅色……

就在此時，淨持清清冷冷的嗓音裂空而來——

「根本沒有所謂的霍王寶藏。」

此話一出，眾人驚呆了……

「不可能！」狼狽不堪的李益霎時暴跳如雷，腦子一昏，衝口而出：「——裡頭明明暗繡著『王』、『藏』二字！」

淨持悽美蒼涼地落淚了。「你看見的應當是小玉用亂針繡以銀絲玄線交錯，隱晦祕密藏在裡頭的一首小詩。」

「什、什麼小詩？」

「王女忘舊夢，藏心記玉中，不盼有來世，不願再相逢。」淨持慢慢唸出，美麗悲傷的眸光深處卻是無止境的嘲諷和恨意。

李益原以爲自己已然不會再因霍小玉而心痛了，可這首斷情絕愛的小詩卻一個字一個字像最鋒利的刀尖般狠狠扎得他鮮血淋漓……

眼前依稀彷彿，再度浮現了那個絕艷害羞的少女，怯怯地抬頭，嗓音清甜如鶯囀——

我叫小玉，你呢？

李益面上猙獰之色奇異褪去，取而代之的是熱淚盈眶……

我是李益，李十郎。

盧誌看著這一切，想著那如同鏡花水月的「寶藏夢」，剎那間怒火沖天又氣又恨，捂著萬針攢刺般劇痛難當的心口，腦中嗡地像有根弦瞬間崩斷了。

下一瞬，盧誌忽然眼前發黑，一頭栽倒了下去……

「老爺！老爺！」

「阿耶！」

眼見堂上一團亂，拾娘巴巴兒地望向裴行眞，他長身而起，沉穩而從容不迫地接手過此案。

先是讓人將急怒攻心致使腦卒中的盧誌大人好好送下去延醫救治，盧夫人和盧家大郎也焦心忙慌地跟了過去。

接下來，人證物證俱全，李益涉嫌毆打及串聯女婢殺妻，意圖謀霍王寶藏，不惜陷害無辜崔十一郎等等……諸案併發，證據確鑿，其罪當斬。

判當堂打入刑部大牢，待秋後由聖人勾決！

刑。

從犯白露以奴弒主，處絞刑，然因腹有胎兒緣故，判待胎兒降生三月過後，行刑。

從犯秋鴻雖因過手金彈丸，險些誣陷無辜之人入罪，當徙三年，然顧念長隨書僮秋鴻是受其主之命不得不從，又良知猶在，故改判徙半年。

盧氏娘子遺體則發還其母家下土安葬，李益所占那三尺烏絲瀾綢歸還霍小玉之母淨持，並判罰洛陽李氏一族代李益以萬金爲償，賠償霍小玉母女這些時日來飽受周折欺騙傷害之苦。

雖伊人芳魂已杳，區區萬金，也只能是遲來的正義，但終歸能讓霍小玉在天之靈安息，不須憂心母親淨持貧困一生無依。

裴行眞的判決，讓全場鄭縣父老鄉親百姓們聽得又是心服口服又是熱血激昂……

過後，人盡散去，淨持和浣紗也轉身要離開，忽然裴行眞緩步上前——

「淨持娘子。」

淨持回過頭來，美麗悵然的目光有一絲警戒。「裴大人還有何要事？」

裴行眞深邃鳳眸透著隱隱睿智而溫厚之色。「令媛是個心智過人的聰慧女子。」

淨持呼吸一滯。「裴大人你……」

——你都知道了？

「二桃殺三士，不過是貪婪之人，自願踏入的局。」他意味深長地道：「若心無貪欲惡念者，自然宛若穿過清晨之霧，撲面而過，片羽不傷。」

淨持顫了顫，紅了眼眶，卻是滿滿的感激之情。「多謝裴大人。」

「去吧，」他溫聲道：「妳已然爲她走完這最後一步，接下來的，便是連帶著她的那一份，好好地活著，長安……還是很美的。」

淨持和浣紗心悅誠服恭恭敬敬地對著他深深一福禮，而後靜靜地離去。

拾娘站在裴行眞身後，半天不說話，冷艷澄澈的眸子好似有些迷茫，又好像領悟了什麼。

「拾娘，」裴行眞回頭凝視著她，溫柔暖陽般的笑容徐徐綻放。「——我們回長安吧。我請妳吃最美味的燒羊腿好嗎？」

「好！」她眼睛一亮，高高興興地應下。

番外一

皎日之誓，死生以之……

李益離開前，曾緊緊擁著她，在她耳畔許下這句鄭重至極的誓言。

而後，郎去遠也，再不復見。

……如今勝業坊中，小梨苑內，依然是絲竹彈唱、鶯語婉轉，香薰流風，隨著酒氣化爲了一夜夜數不盡的甜膩糊塗。

端是銷金浪蕩窟，竟夜顛倒鴛鴦帳，又有哪個會傻到當眞在此處訴眞情、尋歸宿？

可小玉兩年來一直反覆告訴自己，李益和那些薄倖子不一樣。

他才華橫溢、志向遠大，談論起朝政國事之時，雙眼都在發光……

她深信，有朝一日，他定然能施展抱負，成爲國之棟樑。

這世間又有哪個女子不盼著自己的心上人，是個有情有義有本事的好兒郎？

她出身霍王府，幼時也是被父王抱坐在膝上哄逗疼愛的金枝玉葉，父王甚至命宮中玉匠爲她打造一支價值萬金的紫玉釵，以供她日後十六及笄禮上簪髮之用。

她提前拿到了那支瀅瀅然如霞光萬丈的紫玉釵，那一刻，她覺著自己就是全長安最美麗最受寵的小女郎。

「……妳是父王的掌中珠，日後父王必定要爲我兒尋一個這世上最好的郎婿。」

「……阿玉別怕，萬事都有父王在呢！」

「……誰敢欺負阿玉，父王就讓府裡鄒典軍帶人去滅了他！」

「……都是鞦韆不好，摔疼了我家阿玉，來人！來人！馬上給本王拆了這鞦韆。」

小玉還記得，自己淚汪汪地仰頭望著高大威嚴卻滿眼慈愛的父王，父王寬厚的大手，笨拙卻小心翼翼地替她拭去眼淚。

那時，她還嫌父王手上的厚繭太粗糙，擦得她細嫩雪白的小臉蛋可疼可疼了。

只是曾經盡收眼底的滿目錦繡美好，卻在一夕之間，隨著父王之死而破碎流散……

最後，聖人還是留下了霍王府，允許兄長們延續霍王這一支的血脈，從此空有虛名而無實權，但好歹富貴不缺，性命無損。

可她和阿娘失去了父王後，在王府也就沒了立足之地，兄長們最後的恩德便是讓她們帶走萬金以做傍身，此後是生是死，都與霍王府沒有干係。

她不怪兄長們攆她出府，可那一日，她卻恨透了他們無論如何都不允她臨去前，再爲父王上一炷香。

且他們甚至想把父王的牌位移出王府祠堂，只因父王在聖人眼中乃是大逆不道、意圖謀反的天大罪人。

他們深怕留著父王的牌位，朝暮供奉香燭，萬一哪日又刺了聖人的眼，惹得天威震怒，霍王府內一家老小就得面臨灰飛煙滅的悽慘下場！

小玉恨他們，但更恨自己……

她恨自己自幼蒙受厚重溫暖、巍峨如山的父愛，卻始終未能報答父王深恩於萬分之一。

說到底，她霍小玉又何嘗不是個薄情寡義的不孝女？

……所以最後她只得在重重關上的王府大門前，默默三跪九叩，辭別父親。

而她們這樣一對身攜重金卻無可倚仗的貌美母女，在長安之中，那就是豺狼虎豹眼裡最軟弱可欺的美味獵物。

別無選擇之下，阿娘只好帶著她投靠了坊間赫赫有名的鴇母鮑十一娘，在勝業坊的小梨苑內，求一個棲身之處。

鮑十一娘舊時和阿娘出自同一處風月之地，只不過阿娘入了王府，十一娘卻憑藉自己八面玲瓏的手腕，在長安權貴富豪間投其所好，將營生做得風生水起。

小玉很清醒地認知到，她們母女身邊雖坐擁萬金資財，但一朝離了王府，入了勝業坊，那便是日日踩在看似繁花勝景的春冰之上……

放在她面前的，早已沒了坦途和歸宿的可能。

她的身分說貴也貴，乃是霍王之女，可說賤亦賤，因爲母親不過是王府一寵婢。

所以名門世家的公子不會娶她爲妻，卻也不能納她做妾，前者是怕玷污了家門，後者是恐輕賤了她曾經的王女身分……若有政敵想以此作祟，便是極好拿捏的把柄。

普通人家她也嫁不得，依然是因著她這富貴以及的尷尬出身。

她容貌越美，才氣越盛，越發成了枝頭上那朵人人垂涎卻棘手至極的花兒……

所以在李益離去前，她只求他能與自己相愛廝守八年。

八年後，待她芳華不再，自會放開他，洗淨鉛華褪去華衣，遁入空門靜靜終老而去。

她霍小玉啊，這一生只要能縱情恣意地去好好地愛上一場，就不算白活了。

從霍王之女淪爲勝業坊女郎，她的前半生已是自雲端墜入塵泥。

可萬萬沒想到，她傾盡所有情意和恩義相託的李郎，卻成了斷送她一生的入骨毒藥……

◆

「——十一娘，是我做錯了什麼嗎？」

她病得瘦骨嶙峋，伏在枕上咳得幾乎斷了氣兒，好不容易才略略平息了些，眼角餘光恰瞥見了倚在門畔的鮑十一娘。

鮑十一娘風韻猶存，濃妝艷色，嘴角微微彎著一抹不知是嘲諷還是憐憫的笑意。

於是，小玉忍不住喑啞微弱開口問了。

鮑十一娘妖妖嬈嬈地走了過來，在床沿坐下，以明礬入鳳仙花染就的纖纖十指輕輕拂去她額際散落的小小碎髮，涼涼地道——

「妳自然是做錯了。」

她霧濛濛淚光淺淺的眸子怔忡。

「錯就錯在，多了一顆心哪！」鮑十一娘笑了起來。笑聲有嘲弄，更多的是毫不掩飾的涼薄。

小玉呼吸一滯。

「……妳曾經很瞧不起我吧？」鮑十一娘反問。

小玉回過神來，強忍著胸口那細細密密撕絞般的痛楚，輕輕地吁了口氣，苦笑道：「十一娘閱歷深見識廣，我曾經如何淺薄至斯，自然是瞞不過您……我，對不住您。」

鮑十一娘無所謂地聳了聳肩。「妳們母女前來投奔，吃住和打點，也是付了千金予我，我們銀貨兩訖，最是清爽自在。妳瞧得上我與否，我並不在意，妳也無甚好說對不住的。」

「十一娘雖然慣常只談金銀不談情義，可這些時日以來，我也看明白了，真正的好人從來不會訴諸唇舌，而是付於行止。」她蒼白消瘦的小手反手握住了鮑十一娘豐潤白皙的手。

鮑十一娘笑容一噎，有些不自在地掙脫了開，故作輕蔑地撇了撇嘴。

「妳還是這般蠢，世上那來那麼多的好人？況且我鮑十一娘也算得上是好人？妳沒聽見小梨苑裡那些被我賣了的『乾女兒們』，個個罵我心腸毒辣，將來死了下十八層地獄呢！」

「可我知道，十一娘您待我好。」小玉臉龐雪白憔悴如即將凋零的梨花，彷彿清風稍稍用力一吹，就會萎然離枝而去……可望著鮑十一娘的眼神，卻溫柔得近乎孺慕。

鮑十一娘心中抽緊了，她不是醫者，也看得出小玉已是油盡燈枯。

這一瞬間，冷心冷性的鮑十一娘也有些後悔起，當年自己就不該將李十郎帶到霍小玉面前。

不該介紹道，眼前這李十郎就是小玉終日吟誦，歡喜至深的詩句的作者，那個寫出了「開簾風動竹，疑是故人來」的才子。

小玉不求富貴子弟，權勢老爺來眾星拱月，她只盼能找到一個能與她詩書相和、心靈投契之人。

後來，他們果然宛若是一對人人稱羨、琴瑟和鳴的神仙眷侶。

李郎有才有貌，小玉亦是才貌雙全且身家豐厚，若非李益即將離京赴任，奔赴他青雲直上的官途之路……或者他們會眞正成爲長安坊間永遠流傳的一個美好傳奇。

只可惜……

李益不敢違逆母命，春日才離開了長安，秋日就準備迎娶高門貴女表妹盧氏，還爲了籌得鉅額聘金，四處借貸。

他叫所有人都不能告訴小玉關於他隻字片語的消息，任由癡情等待卻始終無果的小玉爲了打聽他的下落，不惜耗盡家財，最後連霍王唯一留給她做紀念的紫玉釵都拿出售賣，可即便是這樣，依然得不到他的消息……

小玉就此傷心欲絕，一病不起。

「不，我待妳不好，我更是瞧不起妳。」鮑十一娘美麗滄桑而世故疲憊的眼裡，淚光一閃而逝，冷笑道。

「——方才我才說妳多了一顆心，說妳蠢，還眞沒冤枉妳，被李益那個薄倖人騙得還不夠，臨了還不知爲自己多想一些？

「——妳阿娘當年再天眞，也沒像妳這樣傻得挖心掏肺交付與人，妳父王死了，也沒見妳阿娘就不活了，殉了他去。

「——我鮑十一娘本就不是什麼賢良人，我現在指著妳早日斷氣兒，一張蓆子捲了拋出去，好把這小樓騰出來裝新人呢！

「——妳還笑？有甚好笑？妳當我鮑十一娘是吃素的？信不信，我馬上就讓人把妳們母女和浣紗攆出去大街上喝西北風？」

鮑十一娘的色厲內荏卻在小玉柔軟冰冷小手握住她的剎那，一僵——

「作、作甚？」

「十一娘，今日我屋裡多添上一份炭了。」她小臉笑了，隱約浮現一抹久違多年的嬌憨。

鮑十一娘安靜了一瞬，嘴硬道：「那又如何？」

「如今天冷，長安薪炭搶手，最是費錢。」她輕輕地道：「十一娘若不是心腸軟，又怎會命人給我多添了炭火的份例？明知，我已是沒有再幾日好活的人了。」

「胡說什麼呢？什麼有幾日沒幾日的，別平白無故添得晦氣！」鮑十一娘喝住了她的話，眼圈兒有些微紅，怒斥道。

「我並不怕死。」小玉低聲道：「我只是後悔，我竟爲了那樣一個人蹧踏了自己一條性命。」

「既然知道，妳就得挺著這口氣好好活著，看那人日後能有什麼好下場?!」鮑十一娘厲聲道。

小玉搖了搖頭，神色黯淡。

來不及了……

「我等不了以後了。」小玉嗓音晦暗幽微。

鮑十一娘不知她心中盤算，以爲她這是放棄了，不由惱道：「少沒骨氣了！對了，妳不是幼時在王府內，總讓郭御醫幫忙號平安脈的嗎？至多……至多老娘豁出這張臉皮子，去公主和駙馬面前求上一求——」

「十一娘，不用的。還有……」小玉小手握得她更緊，柔聲地道：「謝謝您。」

鮑十一娘微微咬牙，深吸了口氣，「別同老娘說那些個廢話，我十一娘不想管的，哪怕是立時死在了我面前的，我連瞄都不會瞄一眼，可若是我想保住的，即便是艱難到了天邊去，我也非要謀劃出個一二來不可！」

若不是憑藉著這一份倔強的心氣，她如何在這吃人的長安掙扎活下來，還能立足至此的？

「十一娘當眞別……咳咳咳……」小玉一個激動，隨即喘嗽得說不出話來。

「別再爲了……咳咳咳……爲了我……」

「行行行，妳且歇口氣吧！」鮑十一娘忙幫著拍撫她後背，才拍了兩下，就感覺到掌心下的背脊單薄得像是隨時都會散了、化了開來的雪花人兒。

鮑十一娘心一沉，順著她道：「好，我不會多這個事去求公主給妳找郭御醫了。妳……自己緩緩，可別斷氣給我看，刺人眼疼呢。」

小玉咳得小臉紅漲如滴血，喘嗽斷斷續續，卻終於鬆了口氣……努力擠出一絲微笑，點了點頭。

小樓內，此刻靜寂得只聽得炭火燃燒時的嗶啵聲，還有小玉吃力的呼吸聲。

鮑十一娘看著她終於慢慢一點一點又緩過氣來，額際劉海都被冷汗打溼了……忍了忍，最後還是忍不住從袖裡掏出一方珍貴的波斯帕子，幫霍小玉擦汗。

小玉含著淚，眼睛彎彎一笑。「十一娘……您讓我想到我父王了。」

我，真想我父王啊！

鮑十一娘本來要呸一聲，說「老娘是個女的」，可忽地想起那位事涉謀反的皇族霍王……不禁一凜，便不敢瞎說什麼了。

「說來我真對不住父王，活成現如今這樣狼狽不堪的模樣，都沒有資格說我是他的女兒了。」小玉喃喃，眼神有些渙散迷茫。「不對，我本就不能再姓李了，我只能改姓霍，不是李玉，而是霍小玉。」

這樣也好，否則她便是死了，九泉之下也無顏去見父王。

霍王的掌上明珠，最後成了自輕自賤、遭人辜負遺棄的瓦礫……若是父王知道了，他老人家該有多傷心哪？

小玉恍惚地看著窗櫺微開的外頭夜色，小樓望出去是櫛比鱗次、燈火光滑如游龍的長安城。

勝業坊接近東城那頭，多是王府業宅，有薛王府邸、寧王憲山池院……而霍王府也隱沒在其中一角。

——霍王府裡，她的「青鸞院」，早已換了李家別的小女郎住了吧？

「姓李又如何？姓霍又如何？」十一娘看著神情恍惚的小玉，哼道：「就像外頭人說起我鮑十一娘，有說我是心狠手辣母夜叉的，有說我是跪舔貴人的老虔婆，將來還指定不知道怎麼死的。可我呀，只圖自己過得快不快活，只要快活了，就是我贏了！」

小玉怔怔地望著她。

鮑十一娘目光譏誚中透著一絲憐惜，摸了摸她瘦得剩丁點兒大的小臉。「──小玉，妳還不像我，妳從未傷過任何人，沒做錯過任何事，不過是不幸遇著個薄倖人，偏妳又眞心太過，這才害了自己……若妳能渡過這一劫，將來事事先想著自己好吧。」

「十一娘，謝謝您。」小玉點點頭，乖巧得令人心疼。「咳咳……如有來日，我一定記得待自己好。」

「是，這世上就沒有過不去的坎兒。」

如同鮑十一娘就不會再回想起自己的過去，那些搓磨、受傷、心碎、不堪……只要折騰不死她，只要她還有一口氣在，她鮑十一娘就能活得比誰都好，笑得比誰都張狂。

「我知道了。」小玉又溫順地點了點頭。

鮑十一娘有些欣慰，忽又想起一事。「我聽說，崔十一郎今日來過了？」

小玉明白小梨苑裡裡外外都是十一娘的心腹，任何風吹草動都逃不過十一娘的耳目，但是她本也就沒打算瞞著，不過就是怕連累十一娘罷了。

「是來過了。」

鮑十一娘欲言又止，皺眉道：「若是在未經歷李益那個狗東西之前，我或者還會勸妳同崔十一郎親近親近，這崔十一郎出身清貴，性情豪邁又出手闊綽，妳是吃不了虧的，但是現在……」

本來名門貴冑的公子哥兒狎雅妓，在長安洛陽慣常就是風流韻事，女郎們若想得開，從這些公子哥兒身上弄些將來養老的傍身錢，也是你情我願的好買賣。

小玉因爲李益，現在窮得河落海乾的，倘若身子還好著，一展艷幟，不說做點什麼，單只弄弄琴、詠詠詩，也多的是男人捧著銀子上門談談風月……

可現在她的身子骨……

「十一娘，」小玉鄭重地道：「崔十一郎是重義任俠之人，他，很好。可我同他之間，不是您想的那樣。」

鮑十一娘挑眉。「妳對崔十一郎無心，他對妳未必無意。」

豈止未必無意？

男人她見多了，崔十一郎正襟危坐在小玉面前時，儘管笑聲爽朗，目光清明溫和，可耳朵都是滴滴紅的……

還是那句話，可惜啊可惜。

「……是我對不住他。」小玉低下了頭，聲音細弱如嘆息。

「妳剛剛說甚？」鮑十一娘沒聽清。

「沒什麼。」小玉搖了搖頭，隨即露出了一朵溫柔而天眞爛漫的笑容來。「十一娘，你們都很好。我這一生，遇見的好人還是比壞人多多了。」

「傻瓜。」鮑十一娘沒好氣，拿纖纖指尖虛戳了戳她的額頭。「一天天的，越來越傻了。」

小玉笑意越發憨然可愛。就好像這些年來的苦楚煎熬都未經受過，好像，她還是當年那個坐在霍王膝上天眞快樂的小女孩……

番外二

長安

裴行眞果然實現了他對拾娘的承諾，請她吃了全長安最美味的燒羊腿。

這麼一吃，便也開啓了拾娘快樂的長安美食巡弋之旅……

她本就是個食量大的女郎，尤其每日晨起必練上一個時辰的武，餓得就更快了。

但是自打借住裴侍郎新昌坊那座別院來，她就從來沒餓過肚子。

因爲一大早，管事慶伯就慈眉善目、笑容可掬地親自領著女婢，在花牆下擺了一大桌子的飯菜。

有鮮艷香甜的蒸花餅，有掐做寸許，置入鮮香奶色魚湯中沸熟，顯得格外直白可愛，華美殊常的餺飥。

有香噴噴的胡麻粥，雪色柔軟的蒸餅，還有用蕎麥攤煎而成捲著蒜吃的煎餅子……她一口氣就能吃好幾捲呢！

而近晌時——

慶伯又會命人在水榭內擺上了金鈴炙，光明蝦炙等燒烤菜色，以及用魚肉和羊肉製成的鮮嫩味美逡巡醬，配著細切羊肺，撒一把蔥白，在豆豉汁中熬煮出的巧羊肺羹。

鮮得拾娘都快把自己的舌頭吞下去啦！

這天，就連赤鳶都忍不住偷偷扯了她一下袖子——

「阿妹，咱們日日這樣吃，不大好意思吧？」

拾娘聞言從香氣四溢的大碗上抬起頭來，嚥下一口湯，很認眞地思考了一下。

「嗯，確實好像不太……」

可慶伯看著年紀大，耳朵可靈敏著呢，馬上笑嘻嘻地接了一句——

「……這些年來呀，別院裡的廚子們都閒到天天對著水缸裡的鯽魚說話了，多虧有兩位女郎，給了他們一個大展身手的好機會，所以您們越捧場，他們燒起飯菜來越起勁兒呀。」

赤鳶一怔——

還有這種好事？

往常在軍隊裡，只聽過那些個肥頭大耳的伙夫們，抱怨翻杓翻到手都快斷了，怎麼外邊還有成堆的饕餮還沒餵飽云云……

拾娘喜孜孜地喝完了湯，心滿意足地又咬了一口羊肉索餅，吃了一串酥香油潤的金鈴炙，拍拍赤鳶的肩膀道——

「阿姊莫著急，我會給錢的。」

前番她銷假返蒲州前，阿耶便給足了金葉子，她這趟上長安，全都給帶來了。

雖說長安居，大不易，宅院買不起，她們姊妹倆天天吃香喝辣還是沒問題的。

況且她此番是被提調進京，說不定能領兩份俸祿呢！

慶伯聞言連忙搖頭，慌得擺手道：「不成不成，卓娘子您二位是阿郎的貴客，便是裴家的貴客，哪裡需要給錢來？」

拾娘愣了愣，有些苦惱，偷偷縮回了添第二碗巧羊肺湯的手。「這樣，不好吧。」

這些天她都以為是記帳上，每月結算飯錢的，所以上什麼就吃什麼，壓根沒在客氣……

當初租賃房錢幾何，是跟裴大人都說好了的，且還附這麼多奴僕庖廚人手伺候，都已經是她和赤鳶阿姊佔人家便宜了，不能夠連一日三餐加夜宵也算在裡頭的。

「沒什麼不好呀！」慶伯答得很自然。

「不，要付錢的。」她一臉認真。

「難道……是老奴等服侍得不好？」慶伯開始裝可憐，眼巴巴地望著她。「所以讓卓娘子您沒有賓至如歸的感覺，讓您把老奴當外人了？所以要跟老奴劃清界線，算清這幾文幾兩的飯錢了？」

拾娘一呆，張口欲解釋。

等、等一下……

「唉，老奴就知道自己年老不中用，幹不好活兒了，」慶伯老臉蕭瑟地望向天空。「連招待阿郎最重要的貴客這點都辦不好，也難怪當初老主子要把我放到別院來……原來，原來這是在暗示老奴，該有自知之明引退了。」

「不是的。」拾娘哪裡忍心看眼前胖敦敦的老人家垂頭喪氣，一副生無可戀的樣子，忙道：「慶伯您可能幹了，我和赤鳶阿姊住下來後，每天都被您和大家照顧得極好，我們天天吃飽睡睡飽吃的，我們……都胖三斤了！」

赤鳶暗悄悄地鬆了鬆插滿了暗器的腰帶，咳。

——是有點緊。

「當眞？」慶伯癟著嘴，老臉委委屈屈，表示不大信。

「當眞當眞，比金子還眞。」拾娘點頭如搗蒜。

慶伯猶猶豫豫地道：「那既然卓娘子和赤鳶娘子覺著別院好，怎麼還要同老奴算錢呢？」

「吃飯付錢天經地義……」

慶伯又開始『老奴哭給您看』的哆嗦起嘴兒，嚇得拾娘趕緊擺手——

「——不付不付，我跟阿姊繼續白吃白喝也就是了，您、您別往心裡去，我們沒拿您當外人！」

「——慶伯是好人。」赤鳶也僵硬而真誠地補述。

「那就好，那就好，」慶伯擦著根本不存在的「老淚縱橫」。「那老奴再去給您們端櫻桃饆饠來，可甜可好吃了，包您們吃了還想再吃，您們稍等著老奴啊。」

「……多謝。」

「……有勞。」

半晌後，拾娘和赤鳶默默交換了一個眼神——

幸好哄住了。

「虧得我以前哄阿耶哄慣了，不怕。」她拍拍胸口，吁了口氣。

赤鳶眼露震驚。「……不是大人哄阿妹嗎？」

想當年，要小馬駒就給小馬駒，要養狼崽子給狼崽子……只差沒有把深山裡那頭吊睛大老虎都給逮來，讓剛剛滿四歲的小拾娘騎著玩兒。

究竟是，誰哄誰哪？

「想來阿姊是記錯了。」她眨眨眼，厚著臉皮道。

赤鳶睜大眼……片刻後，有些痛心疾首地暗暗咬牙——

「肯定都是叫裴大人給教壞的。」

近朱者赤、近墨者黑，文官心眼子多，嘴皮子利索油滑，看把她家阿妹都給帶歪了！

而此時此刻，和聖人那個臭棋簍子……咳，不是，是當代棋聖下了一早上棋的裴行眞，眼下終於得以「逃出生天」。

他正興沖沖踏進別院大門的那一剎那，就沒來由地狠狠打了個噴嚏！

「——哈啾！」

番外三

小溪畔

拾娘正細心地幫馬兒紅棗刷著鬃毛，卻見玄符和玄機熟門熟路地從寬大馬車上搬下了一張大氈子，鋪在溪畔岸邊的鵝卵石上，旁邊正是蘆葦叢……

然後是喝茶的矮案，茶爐，茶具，最後是優雅款款走下馬車的裴侍郎大人。

「拾娘晨安。」裴行眞笑容俊美舒展。

「……眞講究。」她咕噥，而後禮貌地揚聲。「大人晨安。」

「拾娘若不嫌棄，可否與裴某飲一杯早茶？」他親切招呼。

「謝謝大人，那倒不必了。」她搖搖頭，「我刷完紅棗，還要帶牠出去轉轉。」

紅棗還是很年輕的馬兒，最是生氣勃勃愛動愛跑，每天趕路對牠而言不過小菜一碟，恨不能一口氣跑上長安呢！

年輕眞好呀！

「不吃朝食嗎？」裴行眞歪頭看她，說不出的慵懶俏皮。

「我烤胡餅吃過了。」

「可玄符早上打了一隻肥美的野雞回來，正在瓦罐裡熬著，還加了粟米、枸杞，最是滋補，」他溫柔地道：「早茶，我們便喝妳喜歡的回鶻茶酥如何？」

她聽著聽著，忍不住道：「那個……裴大人，我雖然怕餓，食量不小，但也不是飯桶。」

——怎麼每次總有種，他是特意拿食物來釣人的感覺呢？

他訝然。「拾娘這是愛惜糧食，我瞧著可比長安那些吃得比燕雀還少的女郎們，還更加教人敬重喜歡。」

「……當眞？」她還是頭一次聽到這種褒讚說法，嘴角悄悄上揚。

他鄭重其事地點頭。

她樂了。

「那，喝茶嗎？」他笑吟吟。

「喝！」

（裴氏手札・卷二　完）

春光出版・全書系目錄

✪瓊瑤經典作品全集

書號	書名	作者	定價
OR1001	窗外	瓊瑤	380
OR1002	六個夢	瓊瑤	320
OR1003	煙雨濛濛	瓊瑤	350
OR1004	幾度夕陽紅	瓊瑤	520
OR1005	彩雲飛	瓊瑤	380
OR1006	庭院深深	瓊瑤	380
OR1007	海鷗飛處	瓊瑤	320
OR1008	一簾幽夢	瓊瑤	320
OR1009	在水一方	瓊瑤	350
OR1010	我是一片雲	瓊瑤	320
OR1011	雁兒在林梢	瓊瑤	320
OR1012	一顆紅豆	瓊瑤	320
OR1012G	瓊瑤經典作品全集 I． 故宮聯名花鳥工筆燙金限量典藏書盒 【作者嚴選影視原著小說】(12 冊)	瓊瑤	特價 3999
OR1013	還珠格格．第一部(1)陰錯陽差	瓊瑤	320
OR1014	還珠格格．第一部(2)水深火熱	瓊瑤	320
OR1015	還珠格格．第一部(3)真相大白	瓊瑤	320
OR1016	還珠格格．第二部(1)風雲再起	瓊瑤	350
OR1017	還珠格格．第二部(2)生死相許	瓊瑤	350
OR1018	還珠格格．第二部(3)悲喜重重	瓊瑤	350
OR1019	還珠格格．第二部(4)浪跡天涯	瓊瑤	350
OR1020	還珠格格．第二部(5)紅塵作伴	瓊瑤	350
OR1021	還珠格格．第三部：天上人間(1)	瓊瑤	450
OR1022	還珠格格．第三部：天上人間(2)	瓊瑤	450
OR1023	還珠格格．第三部：天上人間(3)	瓊瑤	450
OR1024	我的故事(全新增修精裝版)	瓊瑤	480
OR1024G	瓊瑤經典作品全集 II． 故宮聯名花鳥工筆燙金限量典藏書盒 【還珠格格系列及作者唯一自傳】(12 冊)	瓊瑤	特價 3999
OR1025	人在天涯	瓊瑤	320
OR1026	心有千千結	瓊瑤	320
OR1027	卻上心頭	瓊瑤	320
OR1028	菟絲花	瓊瑤	350
OR1029	月滿西樓	瓊瑤	380
OR1030	聚散兩依依	瓊瑤	320
OR1031	問斜陽	瓊瑤	320
OR1032	燃燒吧！火鳥	瓊瑤	320

書號	書名	作者	定價
OR1033	浪花	瓊瑤	320
OR1034	女朋友	瓊瑤	320
OR1035	月朦朧鳥朦朧	瓊瑤	350
OR1036	彩霞滿天	瓊瑤	380
OR1037	金盞花	瓊瑤	320
OR1038	幸運草	瓊瑤	380
OR1038G	瓊瑤經典作品全集 III． 故宮聯名花鳥工筆燙金限量典藏書盒 【芳華正盛浪漫愛情詩篇】（14 冊）	瓊瑤	特價 4599
OR1039	白狐	瓊瑤	400
OR1040	冰兒	瓊瑤	320
OR1041	雪珂	瓊瑤	320
OR1042	望夫崖	瓊瑤	320
OR1043	青青河邊草	瓊瑤	320
OR1044	梅花烙	瓊瑤	320
OR1045	鬼丈夫（全新改寫版）	瓊瑤	450
OR1046	水雲間	瓊瑤	320
OR1047	新月格格	瓊瑤	320
OR1048	煙鎖重樓	瓊瑤	320
OR1049	蒼天有淚（1）	瓊瑤	320
OR1050	蒼天有淚（2）	瓊瑤	320
OR1051	蒼天有淚（3）	瓊瑤	320
OR1051G	瓊瑤經典作品全集 IV． 故宮聯名花鳥工筆燙金限量典藏書盒 【曲徑通幽悱惻纏綿之卷】（13 冊）	瓊瑤	特價 4599
OR1052	潮聲	瓊瑤	400
OR1053	船	瓊瑤	400
OR1054	紫貝殼	瓊瑤	350
OR1055	寒煙翠	瓊瑤	380
OR1056	翦翦風	瓊瑤	320
OR1057	星河	瓊瑤	380
OR1058	水靈	瓊瑤	320
OR1059	昨夜之燈	瓊瑤	320
OR1060	匆匆．太匆匆	瓊瑤	320
OR1061	失火的天堂	瓊瑤	350
OR1062	碧雲天	瓊瑤	380
OR1063	秋歌	瓊瑤	350
OR1064	夢的衣裳	瓊瑤	320
OR1065	握三下．我愛你——翩然起舞的歲月	瓊瑤	450
OR1065G	瓊瑤經典作品全集 V． 故宮聯名花鳥工筆燙金限量典藏書盒 【情為何物空遺惆悵精選】（14 冊）	瓊瑤	特價 4599
OR1066	梅花英雄夢．卷一：亂世癡情	瓊瑤	400

書　號	書　　名	作　　者	定價
OR1067	梅花英雄夢．卷二：英雄有淚	瓊瑤	400
OR1068	梅花英雄夢．卷三：誓不兩立	瓊瑤	400
OR1069	梅花英雄夢．卷四：飛雪之盟	瓊瑤	400
OR1070	梅花英雄夢．卷五：生死傳奇	瓊瑤	400

✪暢銷小說

書　號	書　　名	作　　者	定價
OG0009	新娘（全新中譯本）	茱麗．嘉伍德	320
OG0010	國王的獎賞	茱麗．嘉伍德	320
OG0011	格雷的五十道陰影 I：調教	E L 詹姆絲	380
OG0011X	格雷的五十道陰影 I：調教(電影封面版)	E L 詹姆絲	380
OG0012	格雷的五十道陰影 II：束縛	E L 詹姆絲	380
OG0012X	格雷的五十道陰影 II：束縛(電影封面版)	E L 詹姆絲	380
OG0013	格雷的五十道陰影 III：自由	E L 詹姆絲	380
OG0013	格雷的五十道陰影 III：自由(電影封面版)	E L 詹姆絲	380
OG0013S	格雷的五十道陰影三部曲	E L 詹姆絲	1140
OG0013T	格雷的五十道陰影三部曲(電影封面版)	E L 詹姆絲	1140
OG0014	天使	茱麗．嘉伍德	320
OG0015	禮物	茱麗．嘉伍德	320
OG0017	危險情人	諾拉．羅伯特	360
OG0019	守護天使	茱麗．嘉伍德	360
OG0020	祕密的承諾	茱麗．嘉伍德	360
OG0021	夜戲	雪洛琳．肯揚	350
OG0022	贖金	茱麗．嘉伍德	390
OG0023	暗夜奪情	雪洛琳．肯揚	350
OG0024	格雷的五十道陰影．克里斯欽篇：格雷	E L 詹姆絲	420
OG0025	冷情浪子	莉莎·克萊佩	360
OG0026	危險紳士	莉莎·克萊佩	360
OG0027	春天的惡魔	莉莎·克萊佩	360
OG0028	愛上謊言的女人	岡部悅	360
OG0029	藍眼惡棍	莉莎·克萊佩	380
OG030	伯爵先生	E L 詹姆絲	499
OG0031	地震鳥	蘇珊娜·瓊斯	350

✪奇幻愛情

書號	書名	作者	定價
OF0001Y	初相遇(名家插畫版)	蝴蝶	220
OF0002Y	再相逢(名家插畫版)	蝴蝶	220
OF0004Y	歸隱(名家插畫版)	蝴蝶	220
OF0006Y	千年微塵(名家插畫版)	蝴蝶	220
OF0008X	初萌(名家插畫版)	蝴蝶	220
OF0009	降臨	蝴蝶	180
OF0010	妖花	蝴蝶	180
OF0011X	追尋(名家插畫版)	蝴蝶	220
OF0012	曙光女神	蝴蝶	180
OF0013	亞馬遜女王	蝴蝶	180
OF0014X	歿日(名家插畫版)	蝴蝶	220
OF0015	櫻花樹下的約定	蝴蝶	200
OF0016	親愛的女王陛下	蝴蝶	200
OF0017	我愛路西法（封面改版）	蝴蝶	200
OF0018	有熊出沒（封面改版）	蝴蝶	200
OF0019	食在戀愛味（封面改版）	蝴蝶	200
OF0020	灰姑娘向後跑	蝴蝶	200
OF0021	我們戀愛吧（封面改版）	蝴蝶	200
OF0022	小情人	蝴蝶	200
OF0023	天生戀人（封面改版）	蝴蝶	200
OF0024	竹馬愛青梅（封面改版）	蝴蝶	200
OF0025	翻翠袖	蝴蝶	200
OF0026	羽仙歌（封面改版）	蝴蝶	200
OF0027	沁園春（封面改版）	蝴蝶	200
OF0028	雲鬢亂（封面改版）	蝴蝶	200
OF0029	愛情總是擦身而過	那子(雷恩那)	200
OF0030	那年我們傻傻愛（封面改版）	那子(雷恩那)	200
OF0031	雲畫的月光〔卷一〕：初月	尹梨修	350
OF0032	雲畫的月光〔卷二〕：月暈	尹梨修	350
OF0033	雲畫的月光〔卷三〕：月戀	尹梨修	350
OF0034	雲畫的月光〔卷四〕：月夢	尹梨修	350
OF0035	雲畫的月光〔卷五．完〕：烘雲托月	尹梨修	350
OF0036	遺落之子：〔輯一〕荒蕪烈焰	凌淑芬	350
OF0037	遺落之子：〔輯二〕末世餘暉	凌淑芬	350
OF0038	遺落之子：〔輯三〕曙光再現（完）	凌淑芬	350
OF0039	霸官：〔卷一〕紅衣青衫．大王膽	清楓聆心	350
OF0040	霸官：〔卷二〕青杏黃梅．馬蹄漸	清楓聆心	350
OF0041	霸官：〔卷三〕雁翎寒袖．西風笑	清楓聆心	350
OF0042	霸官：〔卷四〕霽山有色．水無聲（完）	清楓聆心	350

書 號	書 名	作 者	定價
OF0043	亥時蜃樓：﹝卷一﹞星光乍現	尹梨修	399
OF0044	亥時蜃樓：﹝卷二﹞銀暈藏情	尹梨修	420
OF0045	亥時蜃樓：﹝卷三﹞明月入懷（完）	尹梨修	430
OF0046	韶光慢﹝卷一﹞	冬天的柳葉	320
OF0047	韶光慢﹝卷二﹞	冬天的柳葉	320
OF0048	韶光慢﹝卷三﹞	冬天的柳葉	320
OF0049	韶光慢﹝卷四﹞	冬天的柳葉	320
OF0050	韶光慢﹝卷五﹞	冬天的柳葉	320
OF0051	韶光慢﹝卷六﹞	冬天的柳葉	320
OF0052	韶光慢﹝卷七﹞	冬天的柳葉	320
OF0053	韶光慢﹝卷八﹞（完結篇）	冬天的柳葉	320
OF0054	烽火再起［輯一］墨血風暴	凌淑芬	380
OF0055	烽火再起［輯二］廢境之戰	凌淑芬	399
OF0059	愛如繁星	匪我思存	380
OF0060	少君	芃羽	380
OF0060X	少君（限量作者親簽版）	芃羽	380
OF0061	念君歡﹝卷一﹞	村口的沙包	320
OF0062	念君歡﹝卷二﹞	村口的沙包	320
OF0063	念君歡〔卷三〕	村口的沙包	320
OF0064	念君歡〔卷四〕	村口的沙包	320
OF0065	念君歡〔卷五〕	村口的沙包	320
OF0066	念君歡〔卷六〕	村口的沙包	320
OF0067	念君歡〔卷七〕（完結篇）	村口的沙包	320
OF0068	海上繁花	匪我思存	360
OF0069	昔有琉璃瓦（同名電視劇《昔有琉璃瓦》原著小說）	北風三百里	360
OF0070	君子有九思（上）	東奔西顧	330
OF0071	君子有九思（下）	東奔西顧	330
OF0072	上古．上卷（電視劇《千古玦塵》原著小說）	星零	380
OF0073	上古．下卷（電視劇《千古玦塵》原著小說）	星零	380
OF0074	無名驅鬼師	梁心	350
OF0076	國子監來了個女弟子（上）	花千辭	360
OF0077	國子監來了個女弟子（下）	花千辭	360
OF0078	１／２的女主角	宋亞樹	360
OF0079	雙子．上冊	宋亞樹	330
OF0080	雙子．下冊	宋亞樹	330
OF0081	金．小氣家族系列之一：春滿乾坤（燙金典藏紀念復刻版）	典心	350
OF0082	金．小氣家族系列之二：財神妻（燙金典藏紀念復刻版）	典心	350
OF0083	金．小氣家族系列之三：花開富貴（燙金典藏紀念復刻版）	典心	350
OF0084	金．小氣家族系列之四：睡睡平安（燙金典	典心	350

書 號	書 名	作 者	定價
	藏紀念復刻版）		
OF0085	金・小氣家族系列之五：金玉滿堂・上冊（燙金典藏紀念復刻版）	典心	350
OF0086	金・小氣家族系列之六：金玉滿堂・下冊（燙金典藏紀念復刻版）	典心	350
OF0087	金・小氣家族系列之七：齊家之寶（燙金典藏紀念復刻版）	典心	350
OF0088	金・小氣家族系列之八：夫君壞壞（燙金典藏紀念復刻版）	典心	350
OF0089	王子不順眼	宋亞樹	360
OF0090	愛你是最好的時光【上】（熱評電視劇《今生有你》原著小說・鍾漢良、李小冉領銜主演）	匪我思存	399
OF0091	愛你是最好的時光【下】（熱評電視劇《今生有你》原著小說・鍾漢良、李小冉領銜主演）	匪我思存	399
OF0092	破唐案・裴氏手札卷一：續鶯鶯記	雀頤	380
OF0093	破唐案・裴氏手札卷二：續紫釵記	雀頤	380
OF0093S	破唐案・裴氏手札卷一～卷二套書（限量作者親筆簽名金屬特色扉頁版）	雀頤	760

✪TOUCH

書 號	書 名	作 者	定價
OT1002	最後的禮物	西西莉雅・艾亨	280
OT1005	我一直都在	西西莉雅・艾亨	320
OT1015	最好的妳	克莉絲汀・漢娜	380
OT1016	再見，最好的妳	克莉絲汀・漢娜	380
OT1019	小謊言（HBO 影集《美麗心計》原著小說書衣版）	黎安・莫瑞亞蒂	380
OT1020	畫星星的女孩	依萊莎・瓦思	320
OT1021	如果愛重來	克萊兒・史瓦曼	320
OT1022	若能再次遇見妳	凱特・艾柏林	380
OT1023	後來的無盡缺憾	吉兒・聖托波羅	399
OT1024	不能沒有妳	克莉絲汀・漢娜	399
OT1025	破碎的告白	凱莉·芮默兒	380
OT1026	失戀巴士都是謎	森澤明夫	360
OT1028	冬日花園	克莉絲汀・漢娜	420

✪心理勵志

書號	書名	作者	定價
OK0017Y	謝震武寫給年輕人贏在終點的五堂課(暢銷慶功簽名版)	謝震武	350
OK0033X	零誤解說話法：圖解 100%成功表達技巧（全新封面）	平木典子	220
OK0063G	說出好人緣：謝震武的獨門說話術	謝震武	300
OK0065	iPhone 高效率工作術	春光編輯室	220
OK0067X	行動的力量 21．心想事成的密碼（暢銷慶功版）	謝文憲	280
OK0068	最後 56 天最想跟爸媽一起做的 46 件事	春光編輯室	240
OK0074	人生最後一次相聚：禮儀師從 1000 場告別式中看見的 25 件事	江佳龍	250
OK0075X	說出影響力（新編版）：3 分鐘說一個好故事，不說理也能服人	謝文憲	280
OK0081X	教出好幫手（全新封面）：想當好主管，先學會教人	謝文憲	280
OK0089X	不放手，直到夢想到手：景美拔河隊從 51 座國際賽事冠軍盃中教我們的 24 件事	景美女中拔河隊	320
OK0091	放下拳頭，揮毫人生新顏色：好小子顏正國的青春與覺醒	顏正國	280
OK0097	人生最重要的小事：擁有不遺憾的人生一定要做到的四十件事	謝文憲	250
OK0099	媽媽的一句話	春光編輯室	250
OK0100	別仰賴前輩教你，這些事要自己偷學！	千田琢哉	250
OK0101	這些事你沒有教，別指望部屬自己會懂	內海正人	250
OK0109	職場最重要的小事	謝文憲	280
OK0109S	謝文憲觀點：最具影響力的職場大師套書	謝文憲	1370
OK0112	經營之神的初心 1：松下幸之助的互利哲學	松下幸之助	250
OK0113	經營之神的初心 2：松下幸之助的經營原點	松下幸之助	250
OK0114	經營之神的初心 3：松下幸之助的職人精神	松下幸之助	250
OK0115	經營之神的初心 4：松下幸之助的幸福之道	松下幸之助	250
OK0115S	經營之神的初心〔典藏不朽精美套書〕	松下幸之助	1000
OK0116	即使如此，這一天也不錯	具鏡善	320
OK0117	小事的力量：將職場習以為常的「基本小事」做好做滿，你不只值得信賴，也將不可取代	今藏由香里	260
OK0118	今天也是快樂的一天：Benny 的心情圖繪筆記書	具鏡善	320
OK0119	丹妮婊姐：人生哪來那麼多可是	丹妮婊姐	280
OK0121	不讀名校，人生更好：求學態度、選擇專業，對孩子的未來人生真正重要的事	法蘭克．布魯尼	320
OK0122	於是，我們仍相信愛情(夕落+星夜雙面書衣版)	小生	350

書 號	書 名	作 者	定價
OK0122X	於是，我們仍相信愛情（小生仍相信愛情親簽版）	小生	350
OK0123	巫醫、動物與我：菜鳥獸醫又怪異又美好的非洲另類行醫之旅	瑞博醫師	320
OK0125	你不必討好這個世界，只需做更好的自己	采薇	280
OK0126	謝謝妳，成為我的媽媽	具鏡善	360
OK0128	丹妮婊姐麻口不辣心人際說話術：回話帶點鋒芒，有個人風格又不戳人底線的說話藝術	丹妮婊姐	350
OK0129	我是護理師	金炫我	360

春光出版

Stareast Press Publications

https://www.facebook.com/stareastpress

TEL：02-25007008，FAX：02-25027676

104 台北市民生東路二段 141 號 8 樓

國家圖書館出版品預行編目資料

破唐案．裴氏手札．卷二：續紫釵記/雀頤作. -- 初版.
-- 臺北市：春光出版, 城邦文化事業股份有限公司出版：英屬蓋曼群島商家庭傳媒股份有限公司城邦分公司發行, 民112.05
冊；　公分. -- (奇幻愛情；93)
ISBN 978-626-7282-13-7 (平裝)

857.7　　112006755

破唐案．裴氏手札．卷二：續紫釵記

作　　者／雀頤
企劃選書人／王雪莉
責任編輯／王雪莉、張婉玲

版權行政暨數位業務專員／陳玉鈴
資深版權專員／許儀盈
行銷企劃／陳姿億
行銷業務經理／李振東
總　編　輯／王雪莉
發　行　人／何飛鵬
法律顧問／元禾法律事務所　王子文律師
出　　版／春光出版
臺北市104中山區民生東路二段 141 號 8 樓
電話：(02) 2500-7008　傳真：(02) 2502-7676
部落格：http://stareast.pixnet.net/blog　E-mail：stareast_service@cite.com.tw
發　　行／英屬蓋曼群島商家庭傳媒股份有限公司城邦分公司
臺北市中山區民生東路二段 141 號11 樓
書虫客服服務專線：(02) 2500-7718 / (02) 2500-7719
24小時傳真服務：(02) 2500-1990 / (02) 2500-1991
服務時間：週一至週五上午9:30～12:00，下午13:30～17:00
郵撥帳號：19863813　戶名：書虫股份有限公司
讀者服務信箱E-mail: service@readingclub.com.tw
歡迎光臨城邦讀書花園　網址：www.cite.com.tw
香港發行所／城邦（香港）出版集團有限公司
香港灣仔駱克道 193 號東超商業中心 1 樓
電話：(852) 2508-6231　傳真：(852) 2578-9337
E-mail : hkcite@biznetvigator.com
馬新發行所／城邦（馬新）出版集團【Cite (M) Sdn Bhd】
41, Jalan Radin Anum, Bandar Baru Sri Petaling,
57000 Kuala Lumpur, Malaysia.
Tel: (603) 90563833　Fax:(603) 90576622　E-mail:cite@cite.com.my

封面設計／Aacy Pi
內頁排版／邵麗如
印　　刷／高典印刷有限公司

■ 2023 年 5 月 30 日初版一刷
Printed in Taiwan

售價／380 元

城邦讀書花園
www.cite.com.tw

ISBN　978-626-7282-13-7

廣　告　回　函
北區郵政管理登記證
臺北廣字第000791號
郵資已付，免貼郵票

104臺北市民生東路二段141號11樓

英屬蓋曼群島商家庭傳媒股份有限公司

城邦分公司

請沿虛線對折，謝謝！

愛情 · 生活 · 心靈
閱讀春光，生命從此神采飛揚

春光出版

書號：OF0093　　書名：破唐案 · 裴氏手札 · 卷二：續紫釵記

請於此處用膠水黏貼

讀者回函卡

謝謝您購買我們出版的書籍！請費心填寫此回函卡，我們將不定期寄上城邦集團最新的出版訊息。亦可掃描 QR CODE，填寫電子版回函卡。

姓名：＿＿＿＿＿＿＿＿＿＿＿＿＿＿＿＿

性別：□男　□女

生日：西元＿＿＿＿＿年＿＿＿＿＿月＿＿＿＿＿日

地址：＿＿＿＿＿＿＿＿＿＿＿＿＿＿＿＿＿＿＿＿

聯絡電話：＿＿＿＿＿＿＿＿＿＿　傳真：＿＿＿＿＿＿＿＿＿＿

E-mail：＿＿＿＿＿＿＿＿＿＿＿＿＿＿＿＿＿＿＿＿

職業：□ 1. 學生 □ 2. 軍公教 □ 3. 服務 □ 4. 金融 □ 5. 製造 □ 6. 資訊

□ 7. 傳播 □ 8. 自由業 □ 9. 農漁牧 □ 10. 家管 □ 11. 退休

□ 12. 其他＿＿＿＿＿＿＿＿＿＿＿＿＿＿＿＿

您從何種方式得知本書消息？

□ 1. 書店 □ 2. 網路 □ 3. 報紙 □ 4. 雜誌 □ 5. 廣播 □ 6. 電視

□ 7. 親友推薦 □ 8. 其他＿＿＿＿＿＿＿＿＿＿＿＿

您通常以何種方式購書？

□ 1. 書店 □ 2. 網路 □ 3. 傳真訂購 □ 4. 郵局劃撥 □ 5. 其他＿＿＿＿

您喜歡閱讀哪些類別的書籍？

□ 1. 財經商業 □ 2. 自然科學 □ 3. 歷史 □ 4. 法律 □ 5. 文學

□ 6. 休閒旅遊 □ 7. 小說 □ 8. 人物傳記 □ 9. 生活、勵志

□ 10. 其他＿＿＿＿＿＿＿＿＿＿＿＿＿＿＿＿

請於此處用膠水黏貼